노란 샤쓰의 립스틱 속으로

詩夢文學

2025년 통권 제9호

한국학술정보

편집진영:

편집주간, 발행인: 김현순

교　　정: 김은혜

설　　계: 백천만

〈墨香人〉文學會 조직구성:

회　　　장: 김현순

부 회 장: 윤옥자, 조혜선

한국지회 회장: 신현희

조직국장: 황희숙,

업무국장: 권순복

사무차장: 류송미, 정금련

주소:

한국: 서울특별시 금천구 범안로12길 33, 102동 303 (독산동 지오빌)

중국: 中国 吉林省 延吉市 建工街 开发区 水晶嘉园 4-3-602

연계방식―

(82) 010-5750-8778,　 (86) 186-0433-1682

(중국) 우편번호: 133000

E-Mail : smong68@126.com

詩夢文學

(2025년 통권 제9호)

詩夢文學

2025년 통권 제9호　편집주간, 발행인: 김현순

평론문학

김현순/ 우리 삶에 시가 다가서는 이유/ 8

복합상징시 Conner

김현순/ 아, 불새 같은 넌출의 두려움… (외 5수)/ 40

윤옥자/ 촉감 (외 3수)/ 46

김소연/ 망연茫然 (외 2수)/ 50

조혜선/ 누수漏水 (외 2수)/ 53

신현희/ 순정 (외 2수)/ 56

황희숙/ 사진 (외 1수)/ 59

권순복/ 각성 한순간 (외 1수)/ 61

류송미/ 암야暗夜·1 (외 2수)/ 63

강　려/ 삼복의 징검다리 (외 1수)/ 66

한설매/ 촛불의 유령 앞에서 (외 1수)/ 68

정금련/ 적도의 하늘에 눈 내리고 (외 1수)/ 70

신금화/ 비야 비야 (외 1수)/ 72

신정국/ 변신/ 74

이종화/ 잔디밭 (외 1수)/ 75

김　화/ 태초의 공간에 기대며 (외 1수)/ 77

이광일/ 고독과 그리움 (외 1수)/ 79

김　영/ 새벽비 (외 1수)/ 81

정두민/ 쓸쓸한 마음 (외 1수)/ 83

소설문학

김춘택/ 치질/ 85

수필문학

손순덕/ 크리스마스와 추운 갈대/ 160
신철국/ '조선족수리'/ 165
이문혁/ 정들었다고 정말 말라/ 170
오설추/ 가야금을 울었습니다/ 175
박정흡/ 생각 바꾸기/ 182

아동문학

童詩文學

김봉순/ 이슬 (외 2수)/ 188
강 려/ 돌계단에서 (외 4수)/ 191
한설매/ 여름방학 (외 1수)/ 196
신매화/ 만가닥 버섯 (외 3수)/ 198
신지원/ 달과 별 (외 1수)/ 202

特選童話

김미란/ 기다림의 우체통/ 204
리영철/ 가야금소리, 노랫소리/ 211

寓話文學

허두남/ 게으름뱅이와 겉치레쟁이 (외 1편)/ 228

기획조명

한국 동시단의 엄지별 엄기원 시인

詩夢文學

2025년 통권 제9호

21세기를 숨 쉬는 조선족 지성문학지

엄기원 대표동시 10편/ 96
엄기원 작가 작품론/ 박상재/ 109
엄기원(嚴基元) 연보/ 125

한국 <쉴만한 물가>작가회 작품특집/ 128
강순구 서비아 장병진 박대산 이형숙 정수영 곽민영 김소엽 김홍식
김영규 김화창 남궁영희 박희우 오흥국 이해락 장순복 전홍구 정다겸
정현숙 조숙현

한국 아동문예작가회 작품특집/ 233
안종완 박옥주 강지은 고영미 김선영 이경애 정은미 정현정

다른 풍경선

최룡관/ 욕망의 노래 (외 2수)/ 274
박문희/ 공룡왕국의 새 전설 (외 2수)/ 277
전병칠/ 새김질 하는 낙조에 말을 걸다 (외 2수)/280
박장길/ 풀밭 (외 2수)/ 283
방미화/ 달이 흐른다(외 2수)/ 289
허동식/ 바람 부는 날·1 (외 4수)/ 292
윤청남/ 손자를 얻고 (외 2수)/ 297
김승종/ 새벽 (외 1수)/ 300
한영남/ 바람은 타르초로 경전을 읽는다 (외 3수)/ 302
김경애/ 불나방 (외 1수)/ 307

편집후기/ 309

열린 글로벌시대를 비상하는 순수종합문학지

『시몽문학』이

세상 곁으로 다가서고 있다.

오로지 예술만을 지향하는 삶에는

별이, 무수한 별들이

반짝, 반짝

애인처럼 지켜보고 있다

그 속으로 노란 샤쓰의 내일이 걸어 나옴에

전율하며 춤추다 갈 일이다

‖ 평론문학 ‖

우리 삶에 시가 다가서는 이유

－2024년 상반년 「송화강」 잡지의 詩作
진맥과 더불어

■ 김현순 金賢舜

墨香文學會 회장
순수문학지 「詩夢文學」 편집주간, 발행인

지구라는 이 세상에 인류가 등장하고 문명이 생성되면서부터 詩
文學이라는 예술은 탄생을 고하게 되었다. 그것은 오늘날까지 발전
되어 내려오면서 수많은 갈래의 양상들로 그 존재의 가치를 보여주
고 있다. 따라서 詩에 대한 개념 정립도 민족과 지역과 각이한 시
대, 년대에 따른 각자 나름의 기준치를 깃발로 내세웠는데 필자 역
시 나름대로 詩에 대한 이해를 다음과 같이 조심스레 하여본다.

예술의 한 형태로서의 詩는 문학의 하위개념(下位槪念)으로서 문
학의 가장 원초적인 장르로 자리매김하고 있다.

예술형태의 원형은 민요무용(民謠舞踊)이었는데 후기에 민요와 무용은 분화(分化)되었고 민요에서 다시 詩와 가사(歌詞)가 분화되었다. 그 후 시는 여러 단계의 분화과정을 거쳐서 비로소 독자적인 양식이 된 것이다.

　문학의 원초적 양식으로서의 詩는 정치, 역사, 철학 등을 망라한 인간의 감정활동을 수용하는 광범위한 역할을 하였는데 서구(西歐)에서는 무대 위에서 벌이는 연극 역시 시로 꾸며졌었다. 중국의 공자(孔子)는 당시 민간에서 불리고 있는 민요들을 채집, 정리하여 시경(詩經)을 편찬하였고 그리스의 플라톤은 그의 공화국(共和國)에서 시인론을 펴냈으며 아리스토텔레스는 독립적인 시학(詩學)을 저술하였다.

　시가 문학의 선두 장르가 되는 것도 바로 여기에서 기원한 것이라 하겠다.

　시는 오랜 세월을 거치면서 여러 가지로 그 개념 정립이 이루어졌는데 민족마다 국가마다 대동소이한 점을 가지고 있었다.

　네이버 사전에는 시란 "자신의 정신생활이나 자연, 사회의 여러현상에서 느낀 감동 및 생각을 운율을 지닌 간결한 언어로 나타낸문학 형태"라고 표명하고 있으며 "시는 인간의 혼(魂) 속에 타고 있는 불이다. 그 불을 타고 화자의 사상은 별이 되어 빛을 뿌리는 것이다. 참다운 시인은 본능적으로 괴로워하면서 자신의 몸을 불태우고 남도 불태운다. 여기에 일체의 본질이 있다"고도 하였다. 또 L. N. 톨스토이(1)는 "시는 영혼의 음악이다"라고 하였고 S. T. 콜리지(2)는 「시의 철학적(哲學的) 정의(定義)」에서 "시는 모든 지식의 숨결이자 정수(精髓)이다"라고 하였으며 W. 워즈워스(3)는 『서정민요집(抒情民謠集)』에서 "시에는 이러저러한 것 즉 깊은 생각, 훌륭한 소리 또는 생생한 이미저리(imagery)가 꼭 있어야 한다"고 하였다.

　미루어 볼 수 있는바 시는 인간이 언어로써 내심세계를 펼쳐 보이는, 소리 나는 그림의 율동(律動)적 예술임을 알 수 있다. 시에서의 가장 핵심인 인간의 내심세계는 미지의 영혼세계를 그려 내는 것인바 칼 샌드버그(4)의 말을 빌려 아래와 같이 형용할 수도 있겠다.

"시는 일찍 알려지지 않았고 앞으로도 알 수가 없는 성곽을 겨냥하는 단어를 뒤쫓는 것이고, 무지개가 어떻게 만들어지고 사라져 가는가를 말해 주는 심상(心象)의 기록이며, 단어의 섬세한 프리즘에 나타나는 그림, 노래 혹은 재능에 대한 포착이다."

그러므로 훌륭한 시는 성곽과 궁궐과 함께 탄생했지만, 성곽과 궁궐이 폐허가 되어도 변함없이 새롭게 반짝이고 있는 것이다.

주해:

(1) L. N. 톨스토이: 제정 러시아의 작가·사상가(1828~1910). 귀족 출신이였으나 유한(有閑) 사회의 생활을 부정하였으며, 구도적(求道的) 내면세계를 보여 주었다. 작품에 《유년시대》, 《안나 카레니나》, 《전쟁과 평화》, 《부활》 따위가 있다.

(2) S. T. 콜리지: 영국의 시인·평론가(1772~1834). 워즈워스와 함께 《서정가요집》을 발간하였으며, 낭만주의의 선구자가 되였다. 작품에 설화시 《늙은 선원의 노래》, 《쿠블라 칸》, 평론 《문학적 자전》 따위가 있다.

(3) W. 워즈워스: 영국의 시인(1770~1850). 자연의 아름다움과 인간과의 영적인 교감을 읊었고, 콜리지와 함께 발표한 공동 시집 《서정가요집》은 낭만주의의 부활을 결정짓는 시집이 되였다. 시집에 《서곡(序曲)》 따위가 있다.

(4) 칼 샌드버그: 미국의 시인(1878~1967). 신시(新詩) 운동에 투신하여 평민적인 소박한 언어로 도시나 전원을 표현하였다. 1940년에 《링컨전》으로 풀리처 역사상(歷史賞)을 받았다. 저서에 시집 《시카고 시집》, 《연기와 강철》이 있다.

필자는 최근 들어 중국 조선족 대형순수문학지인 「송화강」 2024년 상반년에 게재된 시문학 작품들을 거듭 탐독하면서 조선족시문학의 양상과 시문학 본연의 제반 특성들에 대하여 다시금 생각을 모두어 보게 되었다. 그 느껴본 점들을 아래 피력해보려 한다.

詩는 어디까지나 영혼세계에서 질서를 찾아 세상에 펼쳐 보이는 것을 근본으로 한다.

20세기 독일 실존주의철학의 창시자이며 그 주요 대표인물인 마르틴 헤이데거(Martin Heidegger: 1889.9.26.~1976.5.26)는 저서 『시의 본질』에서 "시란 언어로 그려 보이는 심리활동"의 작업이라고 지적하였다.

중국 남조(南朝)시기 문학비평가 종영(钟嵘: 468~518)은 "시는 작자의 영혼의 실체로서 정감활동의 외재적 표현"이라고 말하였다.

이런 유(類)의 시에 대한 정립은 많고도 많지만 그것들을 귀납해 보면 대체로 "시는 화자의 마음속에서 일어나는 정서활동이며 언어를 통한 그것의 심상을 현실세계에 펼쳐 보인다"는 것으로 결론짓게 됨을 어쩔 수 없다.

오늘날 심상을 이미지라고도 부르는데 기실 이는 같은 말이라고 볼 수 있겠다.

정리를 통하여 주지되는바 시란 현실세계 그대로의 스캔이 아닌, 현실세계에 몸담고 있는 화자의 내심세계를 이미지로 전환시켜 세상에 펼쳐 보인다는 것으로 해석할 수가 있다고 본다.

이것이 시문학의 첫 번째 본질적 특성이라고 역점 찍을수가 있는 것이다. 이 것을 일명 또 화폭의 장면조합이라고 명명하기도 하는 것이다.

다음의 사례를 함께 보도록 하자.

사례 1: <송화강> 2024년 제1기-김동진 詩人의 <교정의 종소리> 첫련

교정에는 종소리가 있다
종소리가 울리는 곳에
종소리를 먹고 피어나는
말과 글의 향기가 있다

윗 사례에서 시인은 세상만상에 대한 느낌을 스캔 내지 복사의 직설이 아닌, 세상에 대한 관조로부터 일어나는 내심의 느낌과 정서를 환상과 환각에 의한 시각적 이미지로 전환시켜 세상에 보여주고

있는 것이다. 그럼으로 하여 낯선 자극을 인기시켜 필경 감동으로 세상을 끌고 가게 되는 것이다.

　<종소리>와 <말과 글>은 세상에 더없이 익숙한 존재일 수밖에 없다. 하지만 시인은 <말과 글>이 종소리를 <먹고> <피어나는> 가시적 표현으로 승화시킴으로써 예술에로의 접근을 실현해가는 것이다.

　이런 화폭의 장면조합들이 조화를 이루면서 시를 더 엮어 내려갔으면 하는 유감도 없지는 않았으나 상기의 내면세계의 느낌을 가시적 화폭으로 펼쳐보였다는 그 점 하나만으로도 시를 포착하고 표현해내는 시인의 놀라운 기량이 돋보임은 말할 나위도 없게 되는 것이다.

　사례 2: <송화강> 2024년 제1기ー림금산 詩人의 <가을 하늘 아래> 全文

가을 하늘 아래
내 마음은 벌써 크게 붉어진다

단풍은 표상, 익는 붉은 속심
단풍은 표상, 익는 붉은 속심
하늘이 저만치 구중천에 달아나는데
나는 그대 상상 속을 떠날 줄 모르고
그대 곁에 피 같은
단풍으로 변진다

오, 하늘 허리를 쿡 찌르는
나의 숙원이여!
그대 앞에 나는 타다 남은 재
하지만 이 가을이 끝나기 전
저 하늘이 내려앉기 전
나는 다시 불타오를 사랑의 감탄피!

윗 시에서 화자는 <피 같은 단풍>, <허리를 쿡 찌르는 숙원>, <타다 남은 재>, <불타 오를 사랑의 감탄표>로 자신의 정감을 읊조리고 있다. 단풍, 숙원, 재, 감탄표와 같은 상관물을 동원하여 화자의 정감을 통감적 이미지로 펼쳐 보이고 있다. <나는 너를 기딱 차게 사랑한다. 사랑해서 정말이지 죽어도 잊지 못하겠다>라는 진솔한 감정을 직설 아닌 상징으로 펼쳐 보이고 있는 것이다. 여기에서 정감의 상징으로 승화시키는데의 관건적 매개는 심상 즉 이미지인 것이다. 그 이미지는 또한 환상과 환각을 동반한 이미지라는 점에서 더욱 초점을 모으게 된다.

림금산 시인의 다른 시 한수를 더 보기로 하자.

사례 3: 2024년 제1기-림금산 詩人의 <사과배> 全文

사과배에서 탄내 난다
풀-풀 연기가 타래진다
사과향에 관내가 난다
빨갛고 노오란 그 얼굴에
반해서 이 지경일까?
불은 계속 솟구친다
사랑은 계속 파도친다
사과배에 반한 하늘
하늘마저 타끓는 이 계절
사과배 밭은 온통으로 불바다

이 시에서 시인은 <사과배>를 상관물로 <가을은 빨갛게 불타오른다>는 특성에 포인트를 맞추고 상상과 환상과 환각의 나래를 맘껏 펼치고 있다고 봐야 할 것이다.
앞에서도 언급했듯이 시는 현실에 대한 스캔내지 복사가 아니라 그것에 대한 내심에 투영된 이미지를 환각에 의한 능동적 가시화

13

변형작업을 거쳐 세상에 다시 펼쳐보이는 간고한 작업인 것이다 .

　화자에게 <가을>이란 <탄내 나고, 연기가 타래치며, 관내가 나는> 그리고 <사과배에 반해, 하늘도 타끓는> 계절인 것이다. 그리하여 가을의 상징으로 되는 사과배 밭은 온통 <불바다>가 되는 것이다. 통감의 기법으로 자연에 대한 사랑과 認知의 경지를 펼쳐보인 이 시는 18세기 스코틀랜드의 계몽주의 철학자이자 경험론의 완성자로 잘 알려진 데이비드 흄의 <가을>을 떠올리게 하는 역할을 일으키기도 한다.

　　사례 4: <송화강> 2024년 제2기－박장길 詩人의 <솔밭 언덕> 全文

　　언덕에 올라 솔밭을 걸으면
　　마음이 커 큰다
　　긴 다리로 하루를 건너간다
　　신선들이 줄서서 보고 있다

　　깊어지는 호흡에 깊어지면서
　　걸음걸음 속세를 벗어
　　나뭇가지에 걸어놓는다

　　솔밭을 가르마 낸 오솔길
　　나의 허리를 묶어 끌고 갔다왔다
　　나는 시계추가 된다

　　솔밭 언덕을 내려 집에 오면
　　나를 따라 문을 열고
　　가득 들어오는 솔내
　　소나무 한 그루 집안에 들어간다

　이 시를 읽어보면 한편의 영화를 보는 듯 한 느낌에 빠져든다. 그것도 한편의 환각에 의한 신화적 장면흐름을 보는 듯 하다.

인간은 지구라는 이 세상에 살면서 현실의 손을 잡고 함께 숨 쉰다. 그러면서도 시시각각 생각하며 사색하며 상상하며 환상에 잠기고 환각에 시달리게 된다. 그러한 집념의 모든 것들은 인간 자체의 영적 질량에 의하여 떠오르는 양상의 미적 질량이 가름되게 되는 것이다.

박장길 시인은 솔밭 언덕길을 거닐면서도 주변의 물상을 신선들이 줄서서 지켜보고 보는 것으로 아름다운 환각에 빠져있다. 그렇게 되는 것은 시인의 세상을 포섭하는 자세가 여유롭고 제법 도고하기 때문이다. <속세를 벗어 나뭇가지에 걸어놓는> 그 마음가짐은 초탈의 경지에 이르지 않고서는 도저히 가져볼 수 없는 환각이며 느긋함이다.

뿐만 아니라 시인에게는 물상들 모두가 약동하는 거룩한 존재로 認知되어 있다.

> 오솔길이 솔밭을 가르마 낸다.
> 그런 오솔길이 나의 허리를 묶어 끌고 왔다갔다 한다.
> 그리하여 나는 시계추가 된다.
> 그렇게 한참을 놀다가 집에 오면 솔내가 따라 와 문을 연다.
> 어느새 집안에는 소나무 한그루가 들어간다.

얼마나 동화적이고 해학적이며 유머가 넘치는 환각적 장면들인가. 인생초탈의 경지에 들어선 신선의 냄새가 풍기는 여유로운 삶이 아닐 수 없다. 박장길 시인은 세상과 인생을 초탈한 삶을 이 시에서 펼쳐 보이는 것이다. 아울러 파란만장의 삶의 고해의 탈 속에서 거뜬히 벗어난 경력의 소유자임을 이 시의 내면에서 엿볼 수도 있게 되는 것이다.

이렇듯 시는 현실세계 그대로의 직설이 아닌, 현실세계에서 느껴지는 시인의 내면세계의 정감을 변형이미지로 가시화하여 펼쳐 보이는 즐겁고도 섬세하며 간고한 작업이 되어야 하는 것이다.

이번엔 또 리기준 시인의 시를 짚어보면서 진일보 더 살펴보기로 하자.
사례 5: <송화강> 2024년 제3기－리기준 詩人의 <꽃말> 全文

꽃은
아무하고나 말을 걸지 않는다

따스한 햇살과 말쑥한 바람에
깨끗한 눈빛으로 고마움을 전할뿐이다

에뻐하면 더 에뻐지고
사랑하면 더 사랑스러워지면서
부드러운 향기로 속마음 알릴뿐이다

숨 막히는 더위에
시원한 바람이 불어오면
흔들림으로 고마움을 엮을 뿐이다

그러나 꽃은
더 넓고 순수한 마음이나
맑은 영혼을 만나면
가슴 활짝 열고 속마음을 고백한다

꽃은
아무하고나 사랑을 속삭이지 않는다

이 시에서는 아름답고 순결함을 지향하는 화자의 깨끗한 마음 세계가 엿보인다.

<꽃>이라는 매개물은 그냥 꽃일 따름이다. 꽃이 예쁘고 향기로워 보이는 것은 아름다움을 숭상하는 화자의 마음일 뿐이다. 화자는 그 꽃의 표상과 속성에 자신의 삶에 대한 자세를 부여함으로써 <꽃>이라는 매개물을 아름답고 신성한 화신으로 둔갑시켜 세상과 대화 나누는 것이다.

꽃을 인격화시킨 대목들을 다시 살펴보자.

아무하고나 말을 걸지 않는다

눈빛으로 고마움을 전한다

향기로 속마음 알린다

바람에 고마움을 얹을 뿐이다

가슴 열고 속마음 고백한다

아무하고나 사랑을 속삭이지 않는다

어떤가. 꽃을 인격체라고 할 때, 사람도 꽃처럼 살았으면 하는 화자의 바램이 역력히 엿보이지 않는가. 사람도 이렇게 살았으면 하는 바램을 직설로 표현하지 않고 꽃이라는 물상의 움직임으로 보여주는 그 기량이 한결 돋보이는 것이다.

사례 6: <송화강> 2024년 제3기―박송월 詩人의 <진달래> 全文

그리워서 그리워서

4월의 첫 새벽을 밀고 달려왔다

하늘을 부르고

산을 깨우며

설레는 산자락에

빨간 불 피워 올린다

얼마나 많은 밤을 지새워왔던가

꽃샘바람 헤지고

천애지각도 지척인양

주렁주렁 누비며 찾아와

봄사랑 전한다

금방 터질듯한 꽃망울

둥그란 봄하늘 햇살에

입술 터치며

붉은 울음 피워낸다

산새야 울어라

나비야 오너라

바람도 멎고

구름도 멈춘다

내일의 뜰에 만개하는 개화

지구촌 서러운 모퉁이에도

홀연히 서서 웃는

하얀 젖줄기

겨레의 핏줄기

아리랑 아리랑 아라리오

붉게 타서 이 땅의 끝까지

번져가리

한수의 잘된 서정시라고 느껴져 짚고 넘어가지 않을수 없다. 하지만 그냥 줄기찬 서정의 흐름에 그친 것이 아니다. 시인은 봄을 맞이하는 진달래를 신생을 맞이하는 생명체의 숭고함으로 격정의 높이를 끌어올리고 있다. 또 그 표현에서도 생명을 약동을 느껴지도록 가시화된 능동성을 보여주느라 애쓴 흔적들이 역력하다.

진달래는 <새벽을 딛고 달려와> <산자락에 빨간 불 피워올린다>, 또 <꽃샘바람 헤치고 찾아와> <햇살에 입술 터치며> <붉은 울음 피워낸다>, <지구촌 서러운 모퉁이에도> <만개하는> <하얀 젖줄기>라고 하다가 나중에는 <겨레의 핏줄기>로 승화시켜 구가하고 있다.

한수의 시속에 이렇게 삶이 약동가 생명의 위대함을 <진달래>라는 상관물을 빌어 그것의 능동적 가시화에 용해시켜 보여주었다는 것은 조련찮은 실력이다.

하지만 김정권 시인의 경우, 이색적인 표현기법은 또 세상의 이목을 확 끌어당기고 있다.

사례 7: <송화강> 2024년 제3기-김정권 詩人의 <곱추> 全文

한생을 멍에 지고 살았다

태어나면서부터
자기도 모르는 관을 지고
질성판을 깔아
세찬 소용돌이를 걸어넘고
천둥의 쇠망치로
대못을 박아 천개(天蓋)를 달았다

내 자식 한번 업어주지 못한
불운의 어미로 된 그 죄를
피나게 물어 넘기면서
한번도 두 다리를 쭉 뻗고 누워
편한 잠을 잘 수도 없는
지독한 허기를 씹어 삼켰다

저 안에는 찌그러진 약탕관 같은
작은 오두막 한 채 들어있어
보이지 않는 낙숫물소리로
한가슴 졸여 달여질 때

삭을대로 삭은 등뼈에서는

겁불 타는 냄새가 하늘 솟았다

반달은 달팽이의 등껍질이다

이 시를 읽어보면 곱추의 불운의 한생을 읊조리고 있다. 신체상 불구로 하여 늘 세상과 멀리 소외되어야만 했던 눈물나는 인생이 핍진하게 그려지고 있다.

<한생을 뫼를 지고 사는> 곱추의 인생, 선천적인 곱추의 형상 또한 놀라운 비유로 보여주고 있다. <태어나면서부터/ 자기도 모르는 관을 지고/ 칠성판을 깔아/ 세찬 소용돌이를 걷어넣고/ 천둥의 쇠망치로/ 대못을 박아 찬개(天蓋)를 닫았다>고 하였는데 여기서 <세찬 소용돌이>는 불운한 운명의 사주팔자로 인식해도 될 것 같다.

내 자식 한번 업어주지 못한 설음, 그 죄같은 자책감이 늘 곱추로 하여금 발편잠 잘수 없는 지독한 허기를 씹어 삼키게 한다. 눈물같은 낙숫물소리가 등에 붙은 곱추의 속안엣 사품칠 때 삭을대로 사근 등뼈엣는 <검불 타는 냄새>가 하늘 솟는다.

얼마나 장엄한 슬픔의 극치인가.

시는 마무리 부부넹 가서 <반달은 달팽이의 등껍질>이라고 하였는데 여기에서 반달은 완미하지 못한, 잘려나간 불운의 삶을 뜻하며 달팽이의 등껍질은 속이 빈 허울 좋은 한생을 뜻하기도 한다. 물론 이 부분에서 다르게도 표현할 수도 있었겠지만 화자가 굳이 이렇게 표현을 하게 된 것은 화자의 미학주장이 화자를 꼬드겼을 가능성이 높다. 이처럼 시인은 보다 높은 수준의 미학도 소지하고 있음을 보아낼수 있다.

이 시에서 상술한 것보다 더욱 이채를 띠는 것은 <약탕관 같은 작은 오두막 한 채>, <삭은 등뼈에서는 검불 타는 냄새>, <반달은 달팽이의 등껍질>과 같은 놀라운 표현력이다. 이 시의 주제는 장엄하기는 하지만 상술한 바와 같이 뒤어난 표현력의 뒷

받침이 없었더면 그냥 그렇고 그런 시로 전락될 수밖에 없을 것이다.

하기에 오늘날 시는 사상, 내함도 중요하지만 그보다도 표현에 더욱 공력을 들여야 함을 알수가 있다.

시의 생명력의 장단은 그에 내포된 내함이 결정짓지만 예술이 되는 가능여부는 표현력에 달렸다고 해야 할 것이다.

아무리 좋은 내함의 시라도 표현이 따라가지 못한다면 그 시는 그냥 일상적인 생활용어로밖에 남지 못하는 경우가 많다.

시에서 내함은 기본이요 표현은 예술의 기준인 것이다.

오늘날 조선족시단에서는 내함에만 지나치게 치중하다보니 표현을 홀시 또는 경시하는 현상이 적지 않다.

여기서 한가지 더 짚고 넘어갈 것은 이 시가 담고 있는 색채는 지극히 어두우나 찬란한 슬픔의 미학을 과시하고 있다는 점이다. 한반도 김영랑 시이은 <모란이 피기까지는>이라는 시에서 <나는 아직 기다리고 있을테요/ 찬란한 슬픔의 봄을>이라고 표현하였는데 그에 버금 가는 놀라운 표현력의 秀作이라고 엄지를 뽑아들지 않을수 없다.

오늘날 조선족시단에서는 <밝고 명랑하고 씩씩하고 웃음소리가 넘치는 내용만 골라 그것을 시로 써야 한다. 그렇지 아니 한다면 백번을 해도 다 실패> 라고 공공연히 떠들어대는 현상이 난무하고 있다. 하지만 진정한 예술은 아픔과 슬픔과 고통과 고독이 걸러낸 진주보석가 같은 결정체임을 명기해야 할 것이다.

<세계관리학의 아버지>로 불리우는 오지리제국 출생 미국적 학자 피터.더루커(彼得·德鲁克 1909.11.19.~2005.11.11.)는 그의 저서 <방관저의 모험>에서 일찍 <빛은 어둠속에서 생성된다. 어둠의 질량 여부에 따라 빛의 질량 여하가 결정된다>고 할한 적 있다. 어둠이 없다면 빛은 그 존재의 가치를 상실하고 말게 된다.

요즘같이 문학예술은 밝음 것만 골라 창작해야 한다는 일부 그릇된 인식과 비겨해 볼 때 김정권시인의 <곱추>는 다시없는 佳作으로

자리매김하게 됨을 강조하지 않을수 없게 된다.

예술의 진위는 아픔과 고통과 시련과 고독과 그리움과 기다림의 긴 수련속에서라야만이 찬란히 빛나는 보석으로 야명주로 그 가치를 산발하게 되는 것이다.

다음, 시문학의 두번째 본질적 특점을 피력해보도록 하겠다.

시문학의 또 다른 특성이라면 세상을 관조하면서 느껴지는 시인의 주지적 관념을 시적 결구를 빌어 언술함으로써 세상에 감동을 던져주는 것이라 하겠다.

이런 경향의 시는 자칫 구호식 직설로 저락될 모험성도 지니고 있지만 강력한 철리성으로 하여 세상과 공감대를 이룩하게 된다는 데서 크게 인기를 자아내기도 한다.

우리는 일찍 푸시킨의 <삶이 그대를 속일지라도>와 같은 주지시에 익숙해 있었던 시절이 있었다. 중국에는 삼자경, 팔고문과 같은 古典들이 있었고 당송시대의 번성했던 詩와 辭가 있었다. 또 한반도에는 조선조때 창제된 우리민족 고유의 시조가 있었다. 양사언의 <태산이 높다하되>와 남구만의 <해동가요>와 같은 주지적 경향의 작품들은 삼척동자도 다 아는 력작들이었다. 이런 주지경향의 작품들은 허다한 세월을 세상과 더불어 용기와 희망과 정열에 끓어넘치게 하였었다.

주지시는 인간사회에 강력한 호소력을 가지고 있어 힘들고 외로운 삶속에서 어려움을 이겨나가는 인도적 역할도 수행하고 있다. 격변의 시대에서는 어욱 필수적인 예술로 자리매김하는 사뭇 소중한 형태의 예술이기도 하다.

아래 구체적 사례를 통하여 그 진수를 알아보기로 하자.

사례 6: <송화강> 2024년 제3기-최화길 詩人의 <시작> 全文

하루는 하루의 시작이 있고
한 달은 한 달의 시작이 있고

1년은 또 1년의 시작이 있다

시작이 있으면 끝도 있는 법
하루가 끝이 있다면 한달도
1년도 모두 자기의 끝이 있다

시작과 끝에서 무한한 반복을 본다
끝인가 하면 그것이 시작이 되고
시작인가 하면 그것이 끝의 이음이 된다

시작이 반이라고 하는데 사실
끝을 반이라 함이 오히려 맞는 것 같다
시작은 끝을 향한 바람일 뿐이다

인생도 시작에서 끝으로 간다
길고 짧음은 알수 없지만
시작과 끝은 이미 주어졌다

끝에서 시작이고 시작하면 끝이 있는
우리 모두의 시작과 끝은 결국
세월이란 장벽에 막혀 있기 때문이다

사례 7: <송화강> 2024년 제3기ㅡ김동진 詩人의 <새벽으로 가는 길> 全文

무조건 가야 한다
이 밤도 가야 한다
꿈을 안고 가야 한다
새벽을 찾아가야 한다

23

달도 없고별도 없는
어둠의 동굴 속에서
꿈으로 만든 굴렁쇠를 굴리면서
동트는 새벽으로 가야 한다

새벽으로 가는 길은
높이를 알수 없는 산을 넘고
깊이를 알수 없는 강을 건너
어둠에서 탈출 하는 영광의 길

새벽으로 가는 길은
어제라는 시공과 작별하고
오늘이라는 빛을 만나러 가는
신념으로 다져진 희망의 길

칠흑같은 어둠을 딛고
찬란한 미래를 당겨오기 위하여
생명은 새벽으로 가야 한다

    상기의 사례 5, 6의 시를 읽게 되면 광범한 대중들은 가슴을 탕 탕 치면서 "아, 옳소, 정말 맞는 말이요~!"라고 감탄을 자아내게 될 것이다.
    최화길 시인의 시 <시작>은 그냥 철리적 직설, 나열 같지만 결국 시로 승화될 수 있게 된 것은 마감대목에 가서 <우리 모두의 시작과 끝은 결국/ 세월이란 장벽에 막혀있기 때문>이라는 형상적 상징 언어가 있기 때문이다. 이것을 시에서의 비약이라고 한다.
    김동진 시인의 시 <새벽으로 가는 길>에서는 시가 그냥 구호에 머무르지 않고 주지적 이념을 형상의 표현으로 재치있게 보여주었기 때문에 성공을 거두게 된 것이라고 본다. 즉 그냥 새벽을 찾아가야 한다는 구호에만 그친 것이 아니라 <어둠의 동굴 속에서/ 꿈으

로 만든 굴렁쇠를 굴리면서/…/높이를 알수 없는 산을 넘고/ 깊이를 알수 없는 강을 건너/ 어둠에서 탈출하는 영광의 길>이기에 <칠흑 같은 어둠을 딛고/ 찬연한 미래를 당겨기 위하여> 새벽으로 가야 한다는 힘찬 호소를 형상적 표현으로 강유력하게 보여준 것이다.

그러므로 주지경향의 관념시는 그 리념을 형상의 상징을 빌어 표현하여야 비로서 시에 완미하게 접근할수 있음을 알수가 있다. 최화길 시인의 시와 김동진 시인의 시는 이 면에서 전범을 보여주고 있다고 봐야 할 것이다.

사례 7: <송화강> 2024년 제2기―송미자 詩人의 <고요의 무게> 全文

누가 돌의 신음소리 들었는가
누가 돌의 환성을 들었는가

시간으로 재일 수 없는 아픔을 응축해도
공간으로 쌓을 수 없는 회열을 다져도
빛으로도 말하지 않았다

돌은 틈이 없다
모래 한 알 굴러갈 구멍은 더욱 없다
하물며 소리 뱉을 입이 있으랴

침묵이 밀집하여
고요가 되었을 때
드디어 돌이 되었다

고요의 무게는
돌로 자리 잡는다

송미자 시인의 시를 례로 더 들어보기로 하자.

<고요의 무게>는 돌의 침묵을 다룬 시인데 돌이라는 대상물은 침묵의 상징이다. 따라서 침묵이 지니고 있는 엄청난 가치에 대하여 철리적으로 읊조리고 있는 시라고 해야 할 것이다.

하지만 시인은 시에서 <돌처럼 침묵해야 한다. 침묵은 위대하다>라고 읊조리지 않고 <시간으로 재일 수 없는 아픔을 응축해도/ 공간으로 쌓을 수 없는 희열을 다져도/ 빛으로도 말하지 않았다>라는 표현으로 쉽게 드놀지 않는 침묵의 드틈없는 진리를 상징으로 잘 보여준 것이다. 특히 마감부분에 가서 <침묵이 밀집하여/ 고요가 되었을 때/드디어 돌이 되었다//고요의 무게는/ 돌로 자리 잡는다>고 철리적인 깊은 함의를 상징의 언술로 힘 있게 귀결하고 있다.

이렇듯 주지적 관념시는 세상에 대하여 교조적 또는 설교 또는 훈계 또는 계몽을 목적으로 한다 하더라도 반드시 이미지가 상징을 통한 리념의 언술이 되어야 함을 다시 강조하는 視點이라 해야겠다.

반면 우리는 지난 한시기 허다한 세월을 순수 구호의 나열만을 행과 연을 나누어 시러럼 따라 부르고 웨쳤던 시절이 있었다. 이런 부끄런 역사의 반복은 다시 있어서는 아니 될줄로 본다.

시문학의 또 다른 특점이라면 환각적 가상현실의 스토리에 대한 묘술이라는 것이다.

시가 론리적인 사유를 기반으로 한 이미지조합내지 나열보다는 쉽게 세상에 다가설 수 있는 첩경이 바로 스토리에 대한 묘술이다. 스토리를 우리말로 말하면 곧 이야기인 것이다.

이야기는 듣는 사람으로 하여금 구수하고 진지함에 빠져들게 하는 마력을 가지고 있다. 그런데 詩作에서의 스트리는 말속에 말을 담고 있는 스토리로 되어야 한다. 그래야 예술로서의 詩로 거듭날 수 있는 것이다.

<송화강> 2024년 제1기에 실린 홍연숙 시인의 <얼갈이>, 제2기에 실린 리해란 시인의 <대한(大寒)>, 제3기에 실린 김승종 시인의 <시혼을 불러 불러>가 그에 상응한 대표적 사례라고 보아진다.

먼저 홍연숙 시인의 <얼갈이>를 살펴보기로 하자.

사례 8: <송화강> 2024년 제1기-홍연숙 詩人의 <얼갈이> 全文

채 자라기도 전에
늙어 쳐진 볼거리로같이
아무렁게나 대충 버무려져 쉽게 팔리는
얼갈이라 씌인 봉지 속에
보랏빛어 오글거린다
너도 저 수정 같은 씨앗으로부터 온 게야
남들이 너를 어떻게 부르던 간에
얼간이는 아닌 게지
콩나물시루 같이 숨 막히는 긴장어
축축하게 좁여지는 틈새
바늘 같은 숨결이 푸르다
장터 심심풀어마냥
아삭아삭 씹히고
칼국수에 말리거나
곡밥 한술에 뜨어는
막일꾼의 소박한 세계를 닮은
풀꽃만한 작은 꿈도 없어
오로지 살아낸다는
너의 커다란 의미

윗 시는 둘이서 마주 앉아 있을 때 대방에게 조곤조곤 들려주는 담시의 형식으로 되어있다. 그냥 지나온 역사를 스토리로 들려주는 듯한 친절감을 느끼게 된다. 그 이야기는 타당한 은유적 상징의 힘으로 한결 더 세상과 밀착되는 화끈한 의미전달의 효과를 자아내고 있다.

<수정 같은 씨앗>, <콩나물시루 같이 숨막히는 긴장>, <긴장이

축축하게 좁혀지는 틈새>, <바늘같은 숨결>, <아삭아삭 씹히고> 등과 같은 표현은 의미전달의 생동성을 높여주는데 있어 놀라운 효과를 거두면서 <얼갈이>는 결국 얼갈이가 아니라는 엄청난 주제 표달의 목적에 도달하게 되는 것이다.

전반시는 재래식 행과 연의 속박을 벗어나 정감의 폭에 다른 시행조직과 통절로 된 시의 구조적 특성을 지니고 있다. 현대인들의 자유분방한 삶의 의식이 이 한수의 시에도 여유롭게 반영되고 있다고 봐야 할 것이다.

다음은 리해란 시인의 시를 살펴보기로 하자.

사례 9: <송화강> 2024년 제2기−리해란 詩人의 <대한(大寒)> 全文

대단한 너석이었다
겨울을 더욱 깊게 만들고
얼음을 더욱 두텁게 만들어주는 것이었다

입동부터 우두둑 주먹을 쥐더니
소설 대설 동지까지
차가운 담금질을 계속 해대는 것이었다
동지를 지나서는 어금니를 꽉 깨물고

서리 얼음 눈보라까지 후려치며
매서운 쇠채찍을 마구 안기는 것이었다

하루사이에 그만
얼음은 대번에 얼음으로 성장했고
겨울은 겨울로 허연 재채기를 해댔다

세상은 차갑게 얼어맞아야
따스한 봄도 되고 여름도 되나 보다

이 시는 동화적 색채까지 다분한 秀作이라는 감이 든다. 겨울의 춥고 맵짠 특성을 <대한>이라는 매개물을 등장시켜 엽기적 장면을 해학적 장면으로 과장하여 펼쳐 보인 것이 취미를 확 끄당겨 주고 있는 것이다.

<세상은 차갑게 얼어 맞아야/ 따스한 봄도 되고 여름도 되나보 다>는 해학적 결론은 빛나는 철리를 담고 있어 이 시를 더욱 확 살 아나게 한다.

<우두둑 주멍을 쥐더니>, <어금니를 꽉 깨물고> 등과 같은 생동 한 표현은 전반 시의 형상성을 끌어올리는데 퍽 유조적 역할을 일 으키고 있다.

이번에는 김승종 시인의 경우를 진맥해보기로 하자.

사례 10: <송화강> 2024년 제3기—김승종 詩人의 <시혼을 불러 불러> 全文

그 언제나 텁썩부리를 하고 시의 텃밭을 깃웃깃웃 떠돌아 하는 이가 있다

그 언제나 바람 앞에서 바랑을 메고 시의 여행자로 떠나는 이가 있다

그 언제나 열리지 않는 쪽문을 와락 제치고 시의 가시덤불 속으로 들어가는 이가 있다

그 언제나 2224**19*******42**과 함께 시의 혼백을 불러 모아 시화(诗画)를 그리는 이가 있다...

...

늘 언제나
텁썩부리는 뭇돌멩이들에 얼어맞아 상처투성이 피투성이다

하지만,
오늘도 텁썩부리는 시의 봉우리를 향해 황금낙타를 몰고 뚜벅뚜벅 바늘구멍으로 들어가고 있다...

29

오늘날 담시의 새로운 영역을 개척하고저 심혈을 몰붓는 김승종 시인의 개성은 이 시에서도 역력히 드러나고 있다. 그냥 구수하게 들려오는 이야기 같지만 들을수록 점점 한각의 가상세계로 끌려들어가게 됨을 어찌할 수 없게 된다. <詩>라는 영역의 새로운 차원을 향하여 <가시덤불 속>으로 들어가며 혼백을 불러 詩畫를 그리기도 하며 <뭇돌멩이에 얻어맞아 상처투성이 피투성이>신세가 되지만 예술에 대한 집착으로 새로운 차원을 열어가기 위해 시인은 결국 <황금낙타>를 몰고 가는 즐거움으로 삶의 진미를 가슴 뿌듯이 느끼고 있다.

그렇게 시인은 어제도 오늘도 내일도 그 힘겹고 간고한 예술의 정상을 <바늘구멍>으로 들어가듯 땀동이를 쏟으며 분투하고 있다. 새로운 것에로의 집착과 피타는 분투와 요지부동의 의지와 정열이 돋보이는 한수의 잘된 스토리식 詩라고 긍정의 찬사를 던저게 된다.

또한 시작시법상에서도 재래식 행과 련의 한계에서 벗어나 산문화된 행과 련의 조화를 자유롭게 조직해나가는 그 재치 또한 놀랍기만 하다.

시는 시종 화려한 꾸밈새가 없이 그냥 담담한 서술식 표현으로 시인의 자세를 함축시켜 보여주면서 시인의 경지를 서서히 높은 차원으로 끌어올리고 있다. 놀라운 실력이다. 재래식 담시의 틀을 깨부수고 자기만의 독특한 담시의 벽을 쌓아가는 그 정신이 참으로 가상하다고 해야 할 것이다.

여기까지 쓰고나니 시문학의 다른 특성을 또 하나 더 언급하지 않을 수 없게 된다. 즉 아방가르드 의식형태의 시라고 할수 있는 것이다.

오늘날 조선족 시단에서 아방가르드의 특성을 살려 신시혁명을 일으키고자 탐구에 실험으로 거듭나는 시의 류파는 하이퍼시와 복합상징시를 그 사례로 들수 있다.

하이퍼시와 복합상징시는 모두가 초현실주의 포스터모더니즘의 후속작업의 연장으로 특징지어진다.

인간 영혼의 무아경에서 초현실주의 시문학의 창시자인 프랑스의 앙드레 브루통(1896~1966)에 의하여 만들어진 자동기술법을 기반으로 프랑스 철학자 질 들뢰즈(1925~1995), 피에르 펠릭스 가타리(1930~1992)가 집필한 「천개의 고원」을 참작하면서 무의식 흐름 속에서 낯선 경지를 창출해내는 상기의 두 개 류파의 시는 공성이 있으면서도 대립면을 지니고 있어 오늘날도 상호 쟁명이 그치지 않고 있다.

즉 하이퍼시는 언어의 낯선 조합으로 사명의 완수를 주장하지만 복합상징시는 낯선 장면의 조합으로 아름다운 경지구축을 고집한다. 여기에서 언어의 조합과 장면의 조합이라는데서 대립의 시작이 되는 것이다.

한국 현대시인협회의 전임회장이었으며 <시문학>월간지의 주간으로 지냈던 문덕수 시인(1928년 ~ 2020년)에 의하여 창시된 하이퍼시는 유럽에서 성행하던 하이퍼소설문학에서 계발 받고 창시된 시문학의 신형류파로서 조선족문단에선 최룡관 시인에 의하여 하이퍼시문학의 전파와 보급이 이루어지고 있는 상황이다. 복합상징시는 중국 조선족 시인 김현순에 의하여 창시된 신형류파로서 조선족시단과 한국시단에서 이목을 끌고 있는 상황이다.

세상 구성의 복합원리로부터 정립된 복합상징시는 필연코 단일구조가 아닌 복합구조의 산물이며 상징의 산물이라는 것은 자명한 일이 아닐수 없다. .

독일의 석학 후고 프리드리히(Hugo Friedrich, 1904.12.24.~1978.2.25)는 「현대시의 구조」[5]에서 복합구조의 문학작품을 파편체 문학이라고 하였고 자크데리다, 롤랑 바르트, 네오도오 넬슨, 안드리에스 반담[6]은 하이퍼텍스트라고 하였으며 프랑스 철학자 질 들뢰즈, 피에르 펠릭스 가타리[7]는 다양체라고 하였다. 오늘날 하이퍼시 영역에서 다선구조로 명명하는 것도 결국 모두 복합구조와 같은 말이 되는 것이다.

복합 구성으로 된 상징의 세계는 화자의 영혼경지를 펼쳐 보이는 가장 효과적인 방법이다. 화자의 경지 여하는 복합상징의 정도 여하

에 달렸다

주해:

(5) 「현대시의 구조」, 장희창 역, 출판: 지식을 만드는 지식. 2012.5.9.

(6) 자크데리다, 롤랑 바르트, 네오도오 넬슨, 안드레에스 반담: 하이퍼텍스트와 문학이론에 대한 글을 쓴 사람.

(7) 질 들뢰즈, 피에르 펠릭스 가타리: 「천개의 고원」의 저자.

하이퍼시에 대해 필자는 아직 깊은 탐구가 부족하기에 사례를 들어가며 왈가왈부 하지 않고 복합상징시만 선택적으로 지적해보려 한다.

사례 11: <송화강> 2024년 제3기-황희숙 詩人의 <하숙집> 全文

시간의 긴 발효가
그리움 찍어 입에 넣는다
해걸사의 병풍엔
멀리에서
익어가는 골머리

여백으로 펼쳐가는
전설의 몸놀림에도
정체로운 것은
바깥구경 시키는 일이다

현관문 시선이
웃어주는 그림자에 감동 먹는다

모퉁이에 나앉은 날이
시골길 개학이던가

입씨름 색상은

그날의 택배가

사랑, 선물 받은 기분이란다

사례 12: <송화강> 2024년 제3기—권순복 詩人의 <선보러 가는 길> 全文

나무와 꽃들의 춤추는 모습에

길 양켠에 줄 지어

손벽을 친다

노랫가락 입에 문 철새의

날개짓에서

무지개가 햇살로 피어오르고

하늘 나는

구름의 대안(対岸)에는

신기루의 입덧

타임머신의 미소가

싯공터널 그 언덕에

꿈씨 한 알 묻어둔다

사례 11, 12의 경우에서 시에 흐르는 내용과 사상따위는 먼저 따지지 말자. 그냥 시를 읽으면서 마음에 투영되는 장면들의 느낌을 생각해보자. 그 느낌들 조합이 곧바로 시의 주제가 되는 것이다. 그러나 곱씹어 거듭 읽어보면 그 이미지장면의 흐름이 안겨주는 경지 또한 알아보기 어렵지 않음을 발견할 수 있다.

황희숙 시인의 시 <하숙집>에서는 종일토록 손님 하나 오지 않는 한적한 하숙집을 모티브로 고독한 삶에 대한 회의의 발로라고 해야 할 것이다. 그것은 택배 받는 사소한 일 하나마저 그리운 생의 한 단면에 농축시키고 있는 것이다.

이 시에서의 두드러진 특점이라면 언어의 강압조합이 어색하지 않게 느껴진다는 것이다. 그것은 이미지들이 선율의 흐름세를 잘 탔기 때문이라고 해야 할 것이다.

권순복 시인의 시 <선보러 가는 길> 역시 환각의 장면흐름으로 화자의 미래에 대한 충만된 기대와 희망을 보여주고 있는바 세상에 던져주는 정서의 색채가 밝고 명항한 것이 특징적이다.

오늘날 열린 글로벌 시대에 들어서면서 시를 읽는 방법과 쓰는 방법에서도 일대 혁명이 일어나고 있다.

일찍 그리스 고전시학의 최고봉으로 추앙받았던 아리스토텔레스(기원전 384년 ~ 322년)는 <형이상학>에서 <시는 이미지로 보여주는 감동>이라고 하였으나 동양 제국에서는 <시는 뜻과 사상으로 감동을 불러일으키는> 것이라고 주장하여 왔다. 그 관습이 오늘날까지 뿌리 내려 조선족을 망라한 아세아 詩領域에서는 아직까지 시의 내용과 주제를 앞세우는 경향이 사뭇 심각하다.

하지만 독일태생의 미국적 이론물리학자 아인슈타인(1879년 3월 14일~1955년 4월 18일)은 그의 저서 <양자역학>에서 <세상만물은 자유결합이 가능하며 그것이 어떤 형태이든 결합되기만 하면 그것으로서의 의미와 내함이 절로 흘러 나온다>고 지적한 바가 있다.

복합상징시는 바로 <세상 만물의 자유결합>이라는 이론에 근거하여 언어를 토대로 한 이미지의 자유로운 조합원리에 초점 맞추고 있으며 그 조합들로 화자 영혼 경지를 아름답게 펼쳐보이고저 노력을 기울이는 거이다.

사례 13: <송화강> 2024년 제3기ー김현순 詩人의 <집합> 全文

냇물에 손 적신 기억들이 도마 위 햇살로 잘려나간다
메아리의 옹잘은 손의 크기에 고요를 담고
베갯잇에 수놓은 별들의 속삭임 노랗게 구워졌었다
사랑과 이별의 변주곡 사이로 봄이 걸어 나오듯

작정 닫고 간 자리에 이슬이 향기로 망을쳐있다
발가락에 발톱 달린 현실
타임머신 공간에 머뭇거릴 때
독경하는 여론의 매무새, 아픔은 장단을 모르고
드르렁 코고는 소리가 담 넘어 청포밭을 지난다
먼지 낀 뉴스에 실각의 메신저, 돋을새김 악혀들 일어다

이 시 역시 처음부터 주제와 내용파악을 하려고 서두를 필요
가 없는 것이다. 그냥 쭈욱 읽어 내려가면서 이질화된 장면들이
가슴에 맞혀오는 느낌과 그 느낌들이 어떤 감수를 안겨주는가
에만 집념하면 그만인 것이다. 마치도 우리가 교향곡을 듣거나
눈앞이 어질어질해나는 추상파 그림을 대할 때 그 뜻은 몰라도
각자 나름대로 느낌을 받는 것과 같다고 해야 할 것이다.

각자의 문화정도와 심미관과 세계관, 철학관이 다르기에 이런
류형의 시는 <왜 그렇게 썼는가, 무얼 말하려고 했는가> 하는
물음에 확답이 없다고 해야 할 것이다.

이런 류형의 시는 언어의 파격조합부터 이미지의 파격조합에
이르기까지 다다이즘 성격의 작업을 거치며 동시에 그것을 아
름다운 자극에로의 향상을 꾀하고저 한다.

그러나 다시 자세히 살펴보면 시 <집합>에서는 일상의 다반
사를 벗어나 현실초탈을 꾀하는 현대인의 고뇌를 읊조리고 있
음을 어렵지 않게 보아낼수가 있다.

아래 구체적으로 분석해보자.

내물에 손 적신 기억들이 도마 위 햇살로 잘려나간다
(삶에 대해 적극적이었던 순간들은 아름다운 추억으로 메모되어있다)
메아리의 용적은 손의 크기에 고요를 담고
(과거를 수용하는 자세는 지나온 세월을 점검해본다)

베갯잇에 수놓은 별들의 속삭임 노랗게 구워졌었다

(내일에 대한 약속은 언제나 희망에 부풀었었다)

사랑과 이별의 변주곡 사이로 봄이 걸어 나오듯

(삶의 질곡 속에서 희망은 늘 존재했었다)

작정 딛고 간 자리에 이슬이 향기로 맹울졌었다

(지나고 보면 어려움도 고통도 행복의 존재인것을)

발가락에 발톱 달린 현실

(뜻대로 되지 않는 현실의 안타까움)

타임머신 공간에 머뭇거릴 때

(가야 할 여정 앞에서 내일에 대한 두려움에 대중 못잡음)

독경하는 언론의 매무새, 아픔은 장단을 모르고

(홀로 그만하는 삶의 되풀이 속에서 고통에 마비된 현실)

드르렁 코고는 소리가 담 넘어 청포밭을 지난다

(현실에 대한 懷疑에 지친 나머지 초탈을 꿈꾼다)

먼지 낀 뉴스에 식각의 메신저, 돋을새김 익혀둘 일이다

(어찌할수 없는 현실의 참혹함이지만 정시하며 살아야 하는 깨달음)

인간은 살면서 이런저런 삶의 질곡을 겪지만 그 속에는 아름다운 내일에 대한 약속과 갈망에 수없이 가슴 설레기도 한다. 그러나 매번 그런 욕망들은 무참하게 파멸되는 경우가 많다. 하지만 세월이 흐름에 따라 그로부터 오는 고통은 곧 기억 저켠에로 희미해지고 마음은 또 현실 밖 현실에서 탈피하는 새로운 나를 찾아 고독을 다스리게 된다. 이렇듯 모순된 심리갈등이 고스란히 담겨진 인식의 그릇이 바로 <집합>을 이루게 되는 것이다.

필자가 복합상징시 대목에 와서 필묵을 더 들이는 것엔 연유가 있다.

복합상징시와 하이퍼시는 詩文學 영역에서 새롭게 대두한 신형 류파의 시로서 중국 조선족문단과 한반도 문단에서 일정하

게 자리매김을 하고 있다. 하지만 조선족 문단에선 대중적인 통속성을 지니지 못한다 하여 배타적지위에 처하여 푸대접을 받고 있다. 만물공존의 시대에 탐구로 거듭나는 복합상징시와 하이퍼시가 조선족문단에서도 두각을 드러낼 수 있는 활무대가 마련될 것이라는 기대에도 젖어본다.

오늘날 시를 쓰는 사람들은 여전히 세상을 관조하며 함께 숨쉬고 있다. 시대의 발전과 더불어 시의 양상도 날로 다양해지고 그 표현방식도 파격적 낯선 작업이 활발하게 전개되고 있다.

구경 어떤 시가 좋은 시이며 시는 어떻게 써야 하는가? 많은 사람들이 고민하고 있다. 정답은 없다. 대중성을 띤 통속예술과 흔상을 목적으로 하는 순수예술의 쟁명은 예나제나 공존하게 되는 것이다.

구경 시는 어떻게 써야 하는가, 시를 어떻게 써야 한다고 말하는 그 자체가 착오라고 예로부터 많은 시인들이 말하고들 있다. 그렇게 되는 이유는 인간의 내심세계가 천층만층이고 그것을 발로하는 방식도 천차만별이기 때문이다. 눈에 보이지도 않는 인간의 내심세계를 눈에 보이고 들리며 감촉하게 하는 것, 그것을 언어로 율동적 선율의 이미지로 표현해 낼 때 그것은 시로 되는 것이다.

작은 시 한수로 타인을 교육하려거나 인도하려 든다는 것은 우스운 일이다. 시는 그냥 자신의 내면세계를 펼쳐보여 아름다운 감동을 자아내는 고매한 작업일 뿐이다. 그 감동의 깊이와 높이와 너비는 독자층의 범주에 의하여 결정될 뿐이다. 독자가 많다고 해서 좋은 시이며 독자가 적다고 해서 시의 질이 떨어지는 것은 절대 아님을 기억해둘 필요가 있다.

우리 삶에 시가 다가서는 이유는 인간 자체가 詩라는 매개물을 빌어 정감배설과 영혼승화의 목적에 도달하려 하기 때문이다. 고급스럽고 사치스런 작업이기 때문이다.

중국 조선족 대형순수문학지인 <송화강>잡지 상반년에 수록된 시인들의 詩作들을 탐독하면서 놀라움을 금치 못했다. 詩作들마다 각이한 풍격의 별이 되어 빛을 산발하고 있기 때문이었다. 게재된 詩作들에 대하여 일일이 거들지 못해서 안타까울 뿐이다. 그냥 나름대로 눈에 안겨오는 작품들만 골라서 횡설수설해보았다. 어디까지나 필자 나름대로의 견해라 지극히 편면적이면서도 그릇된 견해가 적지 않으리라 생각되면서 독자들의 너그러운 이해와 편달을 기대해마지 않는다.

복합상징시 코너

김현순/ 아, 불새 같은 넌출의 두려움… (외 5수)

윤옥자/ 촉감 (외 3수)

김소연/ 망연茫然 (외 2수)

조혜선/ 누수漏水 (외 2수)

신현희/ 순정 (외 2수)

황희숙/ 사진 (외 1수)

권순복/ 각성 한순간 (외 1수)

류송미/ 암야暗夜·1 (외 2수)

강 려/ 삼복의 징검다리 (외 1수)

한설매/ 촛불의 유령 앞에서 (외 1수)

정금련/ 적도의 하늘에 눈 내리고 (외 1수)

신금화/ 비야 비야 (외 1수)

신정국/ 변신

이종화/ 잔디밭 (외 1수)

김 화/ 태초의 공간에 기대며 (외 1수)

이광일/ 고독과 그리움 (외 1수)

김 영/ 새벽비 (외 1수)

정두민/ 쓸쓸한 마음 (외 1수)

아, 불새 같은 넌출의 두려움… (외 5수)

그 얼마의 사랑보다
그 얼마의 분노보다
그 얼마의 침묵보다
인내의 괴성怪聲 달아오른 열도에 마른 시간 쓸어버릴 작정은 입
술보다 혓뿌리의 날름거림으로 기억 토설해야 했음이 걱정이었다
눈꽃의 추락보다
단풍의 속죄보다
사막의 눈물보다
메아리의 하늘 찢겨 있음을 안타까워 하며 허공을 못 잊어하는
이슬이 그 모습 비껴 담기 때문이었다

그 얼마의 숙명보다
그 얼마의 사명보다
그 얼마의 천명보다
그 얼마의 망각과 망설이 그리고 그 얼마의 죄목들이 다시 볼 붉
히며 속곳바람으로 달려오기 때이었다

소라의 귀에 바닷소리는

어둠 딛고 선 새벽 간헐천에
기다림 묶어두고 있다
테라스의 속살 경직되어가고
수반 드는 나인의 숨결
시공 주름잡는 새가 된다
계단 딛는 발자국에도
입술 얹는 눈빛들이여
서성이는 툰드라 그 모습에
밤비 내리는 소리도
숙명 지켜 선다고 하였지
보이는가, 그렇다고 하라
또 하나의 연민의 별
하늘 꿰지르기 전
조석으로 탐화의 이슬
보석으로 말려둘 일이로다

2024. 6. 30

기다림의 색조

결국 파멸된 그림자에 숨어
별빛 잘라 밤을 덮지만
뿌리 내린 갈무리 염색하듯
오로라는 스릴마저
희망에 젖어들게 한다

발효된 묵상
압침 박는 근성의 소망
망향 쏘아 올리듯
주름도 그 둘레에
냉각의 전율 감지해간다

무한리필의 달빛 세례
궤도의 리허설처럼
갈색멜로디도 바래져가도

추억의 저 먼 변두리에
안개의 눈물
그것을 이슬이라 부른다

오렌지 밖에서 구름은 바람을 만난다

생각처럼 비가 내리고 복도는 젖어 있다
만나고 헤어지는 예상사가 빗장 열고 닫는다
추녀 밑 깨어진 장독
빗물에 한숨짓는 짓거리도 있다
실북 나드는 차량들 숨소리
햇살 썰어 말린 도마 위를 닦으며
잊지는 마, 전화라도 해, 라고
등 돌려버린 세월의 꽁무니 그리워 한다
그는 남자였고 사나이었다
그리고 끄나풀이기도 했다
개똥벌레 같은 그림자
시간은 내일의 둔덕을 꺼내 들었다
피타고라스의 구고정리 입에 올리며
그리움마저 하낫, 둘…
덧니의 난파선 밀고 다녔다
밀물과 썰물의 견적, 컨트롤의 날개 씹는다
고독은 멀고 여자는
기다림 조금씩 터치해가며
암야의 속곳 들어다본다, 빈들에 눈 내리듯…

…마오,
콘텐츠의 이별엔 아날로그 지상파

사탄의 유혹을 그는 즐거움이라 했듯이
옷 벗었다 입는 일이 일상일 줄을
어찌 알았겠는가
그러나 그네들은 금단의 열매를
<러브>라고 부르기를 서슴치 않았다
후미진 산곡에 깃 내리고
갈매기는 바다의 분신 메어 나르기를 잊지 않았다
팝콘의 실체가 씨앗의 전생
이라는 씨실 앞에서
줄지어 능선 넘어가는 개미들
행적의 도전장에 손 내밀겠지

아픔에 각서 써두는 일이
미팅 한순간을 화려하게 만드는 일임을
그러나
그대와 나~!
어둠 끝나는 인지의 막장에서
별빛 슴새 나올 때까지
투too, 투too, 시간도 틈서리에 경직되어 있다

노란 샤쓰의 립스틱 속으로

마른하늘 날벼락 새벽 때릴 때
허상에 입 맞춘 속살마저
멍 때린 기억에 피랍 맞추며
고독어린 루머 눈뜨게 하지

아리랑 스리랑 반환변주곡
주름치마 거머잡고 여행 떠나도
시망막 사이로 아픔 달래며
사랑은 먼 방랑 눈감아두지

얼룩진 세월의 흔적보다
날카로운 첫 키스 받쳐 올리며
바래진 넋으로 숨 쉬게 하지

전생 노크하는 아침은 오늘도
성에 낀 태양 힘껏 밀어 올리지

묵향:
중국 연변조선족자치주조선족여동문학약회 창시인, 회장 역임, 북망상징시 창시인, 묵명문약회 회장

촉감 (외 3수)

□ 윤옥자

안개 헤쳐 가는 시간
생각 접어둔 기억마다
먼 여로에
이슬 받쳐 올리지만

사랑과
이별의 틈서리에서
존재의 이유를 묻는다

각성 하셔요
그는 하늘 품은
밤색 언어로
고요를 씹고 있었다

훈향 보듬으며
추억의 키스
갈망에 닻 올렸다

다시 주저앉는 앞바다

그리움

씨실 되어 달려 나오는
하루가
충전된 하늘에

여름의 이유를 묻는다

담 넘는 리비도
향기의 꽁무니 그리워 한다

우주의 수틀에
파도 수놓으며

6월의 미소
빗물로 쏟아져 내린다

도화선에 불 달렸다

하루의 풀꽃 진다하여도
초침은 달려야 했고
글자들의 비명
갈바람에 길 내고 있다

무릎 꿇는
텍스트의 아픔
신의 가호는 응답 없고

가오리는 어둠 따라
떨어지는 꽃잎에
말, 말… 삼키고 있다

해저 더듬는 숨결인가
부서지는 음향
파도의 날개 쓰러눕힌다

수은주의 파동

무형의 숯불에 한 체구가 뒹군다
갈망 더듬는 손끝에
탁마의 내시경 촉수
체인지 코드에서 길 찾고있다
작열하는 불꽃
각막의 움직임
이차원 공간속으로 눈뜨고 있다
귀뚜라미 울고
떨어지는 나뭇잎
균형 잃은 간판 그러안는다
별 되어
마주보는 하늘과 땅
고비마다 떨리는
망울 짓던 젊은 날의 리비도
노을빛 향연으로
그래픽 그래픽, 일기 각색해 간다

윤옥자:
묵향문학회 수석부회장. 「시향문학」 편집위원 시 해석집 〈토머스 트란스트뢰메르 시 해석〉, 시집 〈햇살 좋은 날〉
등 출간. 애내의 문학상 수상 다수.

망연茫然 (외 2수)

□ 김소연

둔덕의
사념위에 번민 질주한다
목동의 일상
환각의 틈서리에서 슴새 나온다
출렁이는 파도의 높낮이
잔주름으로 고민 부풀려간다

감았다 뜨는 기슭에
슬픔 꽃피워가는 연륜의 기다림

밤하늘

엄마 잃은 아이
아이 잃은 엄마
정원이 안방에 옮겨 앉아
낙화 잎새마다 조약돌 물들이는데

고장 난 수도꼭지
흐느낌의 파도가 적막 어루만진다

푹 가라앉은 소파…
간질이는 초점이 침묵 지켜보고 있다

환승역

계절 타는 잎새
안아 눕히며
뻐꾹새 소리 멍들어있다

그리움 익어
꿀 먹은 벙어리
흐느낌
묻어두고 있다는 것일까

이별의 노래는
망각 간질이는 흔적

입술의 성새
숨죽여 지키고 있을 뿐이다

김소연:
묵향문학회 회원. 시집 「복수초」, 「텅 비어있다」, 「불타는 섬」 등 출간. 해내외 문학상 수상 다수.

누수漏水 (외 2수)

□ 조혜선

틈서리 파고 떨어지는 약점들이 뚝 뚝 벽을 두드리면 영문 모를 암모니아수는 고약하다. 층계난간이 건네주는 웃음소리에 피아노 반주 어색하고 굴리는 포도 숲에 허상이 스친다.

홈채기에 걸린 내리막동네, 상선도 하선도 길을 잃었나 땀 쏟는 불만이 소리 틀면 위아래에 묶인 아파트, 볼펜이 오르고 내리고 밥 냄새 주고받던 계단에 길고양이의 발자국소리 침묵을 삼킨다.

그때는 그랬지

햇님 닮은 얼굴에 엿가락 흐르고
콩알 줍는 즐거움이
골목길에 허기진 세월 펼쳐 보인다
술래들 기억, 팔굽의 전생

땅거미는 서랍에 넣어둔
주걱 젓는 엄마의 메아리
까치발 고무줄놀이 신나게 한다

왕서방 뺑탕쿨러 장삿돈
설빔차림 떡메소리에 어디로 숨었나
갑순이의 찰떡궁합
그 부름소리마저 에헴~!

동네 춤판에, 어널널…
또 한 타령 보리고개 넘기는구나

아무것도 아닌 것

적자생존이라 거꾸로 읽는다
개미 짤록한 허리 산 메어 나를 때
어둠 놀라 도망가는
한오백년 전설
구슬구슬 이야기로 꽃펴나고 있다

티눈이 수술대 부르는 이유
항공모함 띄운다면 믿을 것인가

헛기침이 입 싸쥐고 웃을 때
버들 숲 냇물엔 이끼 타고 떠다니는
원숭이의 양육강식

바닷섬 올챙이가
통나무다리 건너간다고 하여도
집념 뚫는 통감의 메아리는
바다거북 껍데기에 파도 멍들여갈 것이다

조혜선:
묵향문학회 부회장 「시문학」 편집위원. 시집 「묵연의 그림자」, 「청자의 눈물」, 「생각하는 갈대」 등
출간. 애내와 문학상 수상 다수.

순정 (외 2수)

□ 신현희

개나리 민들레 따슨 숨결처럼
웃음마저 향기로운 그 언덕에
진달래, 진달래…
옛 기억 나붓거린다
뒷산 모퉁이 나뭇가지에
시린 바람 한 올 걸어두고
피었다 지는
설움 한 줌 꼬집으며
둥기당 옛 사랑 두드려본다
숙이야 미란아
숙명의 기다림 앞에
나는 잠시
호르래기 부는 미아가 된다

초심

아침햇살에 등 떠밀려
내려앉는 이슬
순간을 미소 짓는다
하나 둘 고여오는
눈물의 사연으로
그젯날 그리워 한다
편린 속에
멀어지는 안개여
등 돌린 사잇길
끝자락에서
그 사람 그 이름이
발닥발닥 살아나는
휘파람으로
립스틱
받쳐 들로 걸어나온다

수드라의 공간

지나가는 구름…
흐느끼는 빗소리에
잠시 멈춰, 창문을 노크 한다

잔 생각 주름잡던
옛 기억도
바위산, 지켜주고 있다

우레 우는 시각이
숙녀의 그늘 길들여간다면
비 내리는 계절,

이별 삼켜버린 사랑은
기다림의 꽃이 된다

반쯤 열린 커튼이
울 너머 오후를 넘보고 있다

신현희:
묵향문학회 주한국지회장. 재한동포문인협회 부회장. 세계동심문학상 등 해내외 문학상 수상 다수.

58

사 진 (외 1수)

□ 황희숙

고요한 물결위에 꽃잎 하나 떠있다
드러난 바위의 잔등에도 그림자는
말라붙어 있다

손목 잡힌 허우적거림이
허무의 빛으로 붉게 물들 때
바람의 눈빛에 손목 잡힌
기억의 주름에도
철따라 꽃은 피고 진다

동그란 웃음
목에 걸고 흐물거리는
꿈같은 환각의 길목에
부서진 파돗소리 받쳐 들고 걸어가는
맨발의 발바닥

간지러움이 사금파리 되어
오늘도 반짝거린다

타향

하얀 눈물 찰랑이는 쪽바가지에 앉아 바람 안고 떠나는 우주여행은
찢겨진 순정의 긴 음율(音律)이었다. 구름 쫓는 샛별의 부리에서 뚝
뚝 떨어지는 황금부스레기 바람에 실려 고향 찾아 떠나고 붉은 개
미 할딱거림이 땀 찍어 시간의 대각선 긋는다. 광대놀음이 꽃펴나는
꿈같은 현실은 기다림의 진액으로 **뼈** 깎는 아픔을 마신다.

황희숙:
묵향문학회 조직국장. 연변교원시사 부회장. 동북아문학예술협회 회원. 동시집 「오월에 내리는 눈」, 「성에꽃」, 성인
시집 「지워진 글씨」 출간. 세계동시문학상, 시선 동시문학 해외대상 등 문학상 수상 다수.

각성 한순간 (외 1수)

□ 권순복

갈길 막힌 숲속에 달빛의 안내도…
바람의 회오리 몸짓이 어둠에 구멍 뚫는다

빛은 어데서 오나
생각의 틈서리에서 비집고 나오는
착상의 모질음
번갯불 집어든 억겁 역사가
생각의 암석 쪼개어 놓는다

바다가 보이고 소나무숲 설레는 기슭에
산사의 목탁소리 낙엽으로 날아 내린다

풍경(風磬)의
염불하는 메아리가 계단 딛고 새벽 줏으라 한다

불시착은 없다

안타까움 꼬집어
놀빛에 초조함 날려보아라
걸음 재촉하는 망각의 메아리가
안색 붉힌 제단에 술 따라 올린다

가신 님 가슴엔 저승꽃 향기
찬서리 내린 고갯마루에도
부엉새는 밤마다 울고…
나룻배 처량함, 고독 흔들어 깨운다

잊어야 하리, 지나간 세월
봄 오는 언덕에 향기로 피어
한세상 바람결에 나부끼며 노래 부르리

권순복:
목향문학회 업무국장. 안도연안동문학회 회장. 시집 「생각하는 섬」, 동시집 「옥수수수염」 동화집 「법종에 걸려온 SOS」 출간. 세계동화문학상, 시선 동화문학 해외대상 등 수상.

암야暗夜·1 (외 2수)

□ 류송미

아픔 앓는 블랙박스의 확인이
찻물 한잔 따라 올린다
클럽에서 춤추고 소리 지른
기분전환의 내음새가 자는 척 한다
핸드폰 두고 샤워하러 들어간
남편의 지갑에서 구겨진 메시지가
시공터널의 전설로 꽃을 피운다
벌컥벌컥… 둘이서 나눠 마시는
정감의 주스가 바다 되어
위장(胃腸)안에서 출렁거릴 때
여자는 구토증을 느꼈다
봄날 뜨락에 모록이 쌓인
따슨 햇살이 놀라 달아날가봐
기침소리도 삼켜버리고
젖은 몸 닦는 남자의 미소 앞에서
여자는 모르쇠를 댔다
가슴 아프고 쓰린 나날이 장미꽃 가시로
시려드는 겨울 찔러, 함박눈 소리없이
지구를 덮어주고 있었다
얼어터진 눈물이 찢겨져 꽃이 되었다는 사실을
적막 흐르는 공간의 입덧은
알지 못했다

63

암야(暗夜)·2

구실과 핑계의 계선이 부챗살로
변명 펼쳐들 때, 가책의 염치는
현장(現場) 덮치는 오피스텔 이야기로
베일 벗겨버렸다
십 년 전 물과 불의 조화가
세월 길들였다는 놀라운 전설이
눈치 빠른 시간 앞에
의젓함 꺼내어 갈고 닦을 때
핸드폰, 블랙박스 확인이
불륜의 증거를 불살라 버렸다
평화로운 우주의 메아리가
별빛으로 밤을 잠재워두기까지
확실한 정리의 공간엔
성에꽃 피었다 지는 전율의 차가움도
인내의 공간을 감내해야 했다
장미꽃 꺾는 손이 가시에 찔려도
향기의 질서는 무더운 여름을
살찌운다는 진실 앞에서
바람의 난무(亂舞)는 깃 가두고
어둠의 갈림길에 불 켜주었다
그런 날이 녹아내려
창밖에선 비가 내리고 있었다

볕의 하루

추렴하고 남은 음식에는
단칸방 셋집의 칭찬도 함께 따라나섰다
문 열고 넘나드는 바람의 딸꾹질엔
갓난애 기저귀 갈아주는 지청구도
시어미의 잔소리로 녹 쓴 가난 닦아주었다
추울 때엔 이불 덮어주라는 잔걱정이
남새 푸른 비닐하우스로
앞마당 채전 지켜주건만
뒷짐 진 남편의 기침소리는
밤 새워 지켜보는 별들을 놀라게 했다
어야 디야 아기의 장한 덧…
아침햇살에 미소 지을 때
손놀림 부지런한 햇각시의 안색이
회식의 날 손꼽아 기다린다
이런 많았으면 좋겠다는 유머 한마디가
푸들진 명절 분위기로 작은 방안을
화기롭게 살찌워주었다

류송미:
목향문학회 사무차장. 한국 아동청소년문학협회 회원. 시집 「어느 날의 토크쇼」 등 출간.

삼복의 징검다리 (외 1수)

□ 강 려

층계 오르내리는 낡은 구둣발소리
귀에 거슬린다며
신경 예민한 2층 아줌마와
3층 무도쟁이 다투는 소리
창 기웃거리는 것이거나

퍼런 대낮 편의점에 앉아
맥주잔 드는 젊은이도 마찬가지 아닌가

저 나이에 쯧쯧…
한국에 나가 돈이나 벌 것이지,
씁쓸함이
수다에 걱정 타서 마셔도
갈린 목청 벤치에 일으켜 세우면

반신불수의
남편과
아들 돌보는 안노인의
시름 섞인 사연들

마우스가
답답함 늘찬 더위너머에 이전시킨다

바다의 서시

노을 받쳐 든 손바닥에 자줏빛 부풀고
기지개 켜는 시간이 그리움 노크하면
손가락 끝에 사뿐 내려앉은 태양

희망의 그림자 파도 밟으며 명상에 눈 뜬다
어선의 함성 모래위에 흔적 새기는데
부풀은 날개 짓 어둠 지우며 바람 감아올린다

미소 흘릴 때 머리카락에 꽃향 묻어나고
<해변의 여인> 이라는 트로트가
어둠의 변두리 서성거리고 있다

쪽빛 먹구름 포개어 허공에 얹는데
웃을 수만 있다면 별꽃 백사장에 발 박혀도
조개는 기다림 열고 새벽 맞이할 것이다

강 려:
목양문학회 회원. 시집 「알나리 깔나리」 등 2권 출간.
<동심컵> 한중아동문학상 등 애나외 문학상 수상 다수.

촛불의 유령 앞에서 (외 1수)

□ 한설매

블랙홀에서 52개 유성 꺼내
종려나무에 걸어주고 시를 쓴다
타오르는 종소리에 새벽은 탈피하고
황금빛 시간은 달을 삼킨다

메아리에 그려진 바다의 고동소리
3월은 마지막 손가락에
걸려있는 숙명의 가락지이다

연둣빛 싹트는 파노라마의 언덕이다

신기루

시간의 면사포에 바다가 발 담그고 있다
수평선 이마에 긴 머리 감아 입 맞추고

하늘 틈 사이로 자라난 구름 넝쿨에서
유성의 안개꽃
절벽 머리맡에 향기로 돋아나있다

매화꽃 눈초리에 걸려있는 밤의 심장들
적막은 오늘도
발톱으로 돌의 자화상 새겨 놓고 있다

하설매:
목향문학회 회원. 이상화문학상 등 수상. 작품 발표 다수.

적도의 하늘에 눈 내리고 (외 1수)

□ 정금련

사막의 먼 길을 바다가 걸어갔다
그때 지구의 틈서리에
긴 밤
노크하는 고독
소록소록 비가 내렸다

아녀자의 신음 비명으로 싹텄다
사랑과 악수 나누는
이별전주곡
안녕, 또 안녕~!
숙녀의 창窓에 갈새 우는 소리…

김칫돌

무게
그 속에서
하늘 품어준 바람결이
숙성된 향기로
흘러 나온다

기다림 영그는 소리
맛과 멋
그 갈림길에
항아리가 서있고

삭고 삭아
고독… 멍들어 있다
외로움 경직되어간다

정금련:
목향문학회 사무차장. 작품 발표 다수.

비 야 비야 (외 1수)

□ 신금화

그리움의 낚시에 걸려든
심장의 미소를 보았나
팔딱거림이 소리 안고 부서짐을
가슴에 새겨보아라
울적한 아가씨 삼단같은 화풀이가
실실이 꽃그물 펼쳐들 때에
그라프의 풍경선으로 곧게
생각의 지평선 드리울 수도 있으리
녹아내리는 문전에서
울바자 되어주는
향기의 점선들이여, 하늘과 땅
그 사이에
교합의 전주곡으로
어둠 열어갈 때에
촛불의 계시록이여
싹트는 낱말의 메아리여
계단 밟는 역사의 뒤안길이여
그림자만이 어제날 메아리
소리없이 추적추적 적시어주리라

얼룩

설익은 아침이 부엌에서 싹터오른다
베일 벗겨 가방에 집어넣고
아궁이에 하늘 구겨 넣으면
수집은 시간, 메모의 덧걸이에
이슬들 아롱져있다
바람의 동네 놀빛마다 볼이 붉는다

신금화:
묵명문학회 외원 동시집 「개구리 섬세기」 출간. 리얼문학상, 〈동심큐〉안중아동문학상 등 수상 다수.

변신

□ 신정국

노란 얼굴이 목 빼들고
잠깐 머물다가 간다
주소 잃은 자세는 즐거움의 높낮이에
수화(手話)를 건다
안색이 하얗게 바뀌는 것은
빈 그릇 꿈꾸는 섭리임을
바람은 안다
근심걱정 털어버린 넋의 부름이
표연히 하늘 날아오를 때
하루가 옷 벗으며
이슬의 낱알에 햇살 영글여 간다

신정국:
무영문학회 회원 시집 〈바다 그리고 사막〉 출간. 〈여성컵〉 고원작품상 등 수상 다수.

잔디밭 (외 1수)

□ 리종화

홀로는 한 방울 이슬도
담을 수 없는 조무래기들
빼곡히 모여 어깨 겯고
하늘도 담아내는 넓은 그릇

연인들이 심어 놓고 간
사랑의 언약
푸른빛으로 물들어
먼 하늘 흰구름도 쉬어가는 자리

무심한 발길에 쓰러져도
다시 손잡고 일어서서
봄바람이 속삭여 주면
햇살에 웃으며 남실대는 깃털

누워도 선 듯
서도 누운 듯
언제나 포근히 펼쳐진
연초록 융단이여!

버들개지

조잘대는 시냇물에
발 담근 엄니의
양수 터뜨린 자궁을
뚫고 나왔노라고

차디찬 겨울 이겨낸
봄아씨 휘파람 소리에
흰 솜털 배냇저고리 입고
배시시 웃는 아기런 듯

엄니의 장바구니에 앉아
온 세상 다 가진 듯
꽁지 흔들던 강아지여!

이종화:
묵향문학회 회원. 연변시인협회 회원. 작품 발표 다수. 시향만리문학상 등 수상 다수.

태초의 공간에 기대며 (외 1수)

□ 김 화

안개에 감싸인 등불
칠흑의 사막을 밤빛 시계에
표적으로 감추고
꽃잎의 쑥스럼 날리며 온다

웃음소리가
고요 간질이고 있다
킬킬 또 킬킬…
볼우물에 시간 꽃펴갈 때

고향초…
노래 한 소절에
눈물 쌓아올리며 이슬은
무수리의 아침을 연다

대화의 옆구리에서
시계추에 앉아
어휘들 조회수가
저녁 여덟시 조각하고 있다

갈대

바람에 불리는 속빈 흐느낌
꽃이라 부르기엔
웨침도 속으로 젖어들었다
밤비 내리던 그날도 내처 달렸다

노래라 하기엔 미움의 순간들
나부낌 새겨가며
페이지 다시 덮었다
가락 맞춰 불 밝히던 그 순간…

가슴 펴 보인 꿈밭에도
향기는 두근거렸고
사랑은 이별처럼
비 내린 언덕 걸어 나갔다

메아리, 메아리…
회한 접은 울음 하얗게 삼켰다

김 화:
목영문학회 회원 작품 발표 다수..

고독과 그리움 (외 1수)

□ 이광일

달빛이 창가에 내려앉아
물끄러미 적막 지키어본다
바람타고 찾아온
자장가도 잠들어버린다

몰아치는 광풍, 쏟아지는 폭우
종적 감춘 사념思念은
엄마 찾는 아이처럼
고독 퍼마시며 흐느끼고 있다

나팔꽃순정에
아픔 달래는 향기의 언덕
늘 푸른 이슬로
새벽 고운 목청 닦아주고 있다

마지막까지 웃고 살자

정처 없는 타향살이에
소망 쌓아올린 안온함
때늦은 해탈이지만
무애(無碍)의 넉넉함 웃고 울었다

여백의 나날 점 박아두듯
허겁 달랜 비바람의 세례…
무지개 감아쥐고
꿈빛 언약 갈고 닦는다

즐거움의 물보라
그 속에서
신기루 걸어 나오듯
파노라마의 미소 짓는데

놀빛 하늘이 조용히
물젖어간다
〈마지막 웃는 자가 승자〉
글귀마저 각인되어있다

이광일:
묵향문학회 회원, 한국 동포문인협회 회원 작품 발표 다수.

새벽비 (외 1수)

□ 김 영

어둠이 눈물 흘린다
주르륵 주르륵
고요 젖는 흐느낌
핏빛 신음 씹는다

사랑의 동녘
해 낳는 모지름

방울방울 부서지는
인내의 노트에서
아침, 아침…

샤워하고 걸어 나온다

나비

가면 뒤집어 쓰고
가슴에 발톱 박는다
늑대의 혼
세월 찢긴 파닥임

눈물의 미궁엔
무지개 지펴 올린
오르가즘 소리

피와 눈물의 날개로
꽃향 감싸주시며

사랑의 멍에
그대 향한 영생
엉켜 붙게 하듯이

김영:
무명문학회 회원, 시인, 극작가, 소설가. 시집 〈벽오와 만남〉, 장편소르 〈용의 삼형제〉, 장막희곡 〈금개구리〉 등 저서. 서계동화문학상, 려영식아동문학상 등 수상 다수.

쓸쓸한 마음 (외 1수)

□ 정두민

씨앗들에게 시간을 넘겨주고
동반자살을 꾀하는 깨잎들
안테나가 태동한 록의 특집들은
단풍의 빨간 미소로
구름송이에 떠밀려
역 없는 항로 따라 사라지고

낙엽의 부스럭 집합들은
갈색의 꽃다발 추켜들고
계곡의 비만을 축제하고 있다
찬바람 적신호를 뚫고나온
수탉울음소리
바위의 마지막 꽃으로 피어나고

침엽의 엽록소 인질로 삼아
목숨 지탱해오던 늦더위
번개의 화살에 쓸어져버린다
상처 입은 달, 그 속에서
상아의 슬픈 울음소리 흘러나온다

허공

별빛이 보자기에 싸매있다
시간의 언어가
거미줄에 묶이우면
탄원서를 바치며
잠자리 숨소리를 구걸한다

하늘은 새싹에
꿈 팔아 공생을 도모하고
값 비싼 빛에 욕심 접는다

그림자가 기워놓은
종점에는
무지개가 손짓하고
신기루 중력에 파손된
퇴색 거절하는 창공아
벙어리 몸짓만 할 뿐이다

정두민:
묵향문학회 회원. 시집 〈어둠의 색깔〉 출간. 제1회 서동문학상 당선자.

치질

□ 김춘택

나에게 할아버지가 물려준 성이 있었다.

전주(全州) 김(金)가라고…

나에게 아버지가 손수 지어준 이름이 있었다.

뜻 의(意)자에 이룰 성(成)자를 합해서 뜻을 이룰 놈이라고 침을 탁 뱉어서 의성(意成)이라 했다.

그러니 내 본명은 김의성(金意成)이 아닌가?

그리하여 부모들이나 동네 분들이 "의성아!" 하면 "예." 하고 꾸벅 절을 하고 친구 놈들이나 나이 서너 살 정도 어린 버르장머리 없는 계집년들이 "의성아!" 하면 "응." 하고 깨 신이 나있었다.

친구 놈들이 부르면 어디서 개 추렴이나 하자는 줄로 알고 멍청스레 반겼고 버르장머리 없는 어린 계집년들이 불러주면 연애나 좀

하자는 줄로 알고 제멋에 당나발이 되는 나는 깨 밑구멍 같은 구석
이 있었다.

"의성아, 너 거기서 슬쩍 빠져 날 따라오너라."

할 일 없는 친구 녀석들이 그늘진 곳에 앉아 처녀구멍 뚫기가 딱
따구리 참나무 구멍 뚫기보다 더 어렵다고 혀를 끌끌 찰 때 나와
제법 가까운 친구 녀석이 먼저 집으로 돌아가며 슬그머니 나만 불
렀다.

"뭐, 너의 집서 개를 잡았니?"

제법 가까운 친구 녀석이 담배나 얻어 피우자고 슬며시 날 부른
것인데 나는 제 딴에 혼자 따라가 개고기에 술 처먹을 소리를 했다.

"밑구멍 같은 새끼, 밑구멍 같은 소리나 해라. 따로 담배나 한 대
얻어 피우자고 그러는데…"

제법 가까운 친구 녀석이 겨우 한 대만 남은 나의 담배를 빼앗아
입에 물고는 개방귀 뀌듯 주박을 주었다.

"의성아, 나 잠간 너 볼일 있거든. 그러니 변압기 있는 곳으로 살
짝 와줘."

내가 조용히 책이나 읽을 때는 찾아오지 않고 어느 약삭빠른 친
구 녀석이 먼저 총각딱지 따던 이야기를 재미있게 할 때 나만 조용
히 부른 계집은 이웃집 숙자였다.

"너 나하고 연애하려고?…"

나보다 나이가 세 살이나 어려가지고 늘 버르장머리 없이 동생
부르듯 하는 숙자가 고약한 심부름이나 시키자고 날 부른 것인데
나는 제 딴에 주제 넘는 생각을 했다.

"밑구멍 같은 게, 밑구멍 같은 소리 하고 있네. 이 연애편지를 성
덕오빠에게 전해달라고 불렀는데…"

숙자 년은 앵 도드라져 입을 비쭉 거리더니 성덕이 이름이 붙은
꼬깃꼬깃 접은 연애편지를 내손에 꼭 쥐어주고 줄행랑을 놓았다.

"더… 더러운 년! 오줌 쌀 때하고 연애편지 심부름 시킬 때만 이 변압기 밑이야. 여우같은 년 밑에 벼룩이나 껴서 밤새 긁기나 해라. 에테, 캑캑!"

나는 갑자기 캑캑거리고 말았다. 엊저녁 성덕이 생일을 얻어먹고 숙자와 함께 집으로 가다가 숙자가 이 변압기 밑에서 오줌을 쌌던 것이다.

"의성아, 내 변압기 밑에서 쉬하고 올게. 성덕이 부어준 맥주를 먹을 때까지 오줌이 안 나오더니 마지막에 네가 부어준 맥주를 먹으니 이렇게 오줌이 나온다. 너하곤 아무래도 궁합이 안 맞는 거 같다."

변압기 밑으로 오줌 싸러 달려가면서 숙자는 나에 대한 원망을 어지간히 토했다. 아마 내가 부어준 맥주 때문에 성덕이가 부어준 맥주가 다 나와서 아까웠던 모양이었다.

변압기 밑에는 암 여우의 오줌 내가 코를 찔렀다.

"넨장, 수캐 오줌이 더 약이라더라."

나는 암 여우의 오줌 내에 멀미를 느끼면서 역반응이 생겨 캑캑거리면서 변압기 밑에 내 오줌을 갈겼다. 혹시 성덕이 자식이 여기서 숙자의 오줌 내를 맡다가 변압기에 치워서 죽으면 친구로서 여간 슬플 일이 아닐 것이기 때문이었다.

어느 사이 나는 친구들에게서 밑구멍으로 통했고 숙자네 또래들에게서도 밑구멍처럼 보였다. 그렇다고 휴지를 가지고 와서 나를 닦아주려는 친구나 계집년들은 없었다. 밑구멍인 나에게 똥이 가득 게 발려 똥내가 났건만 그들은 닦지 않고 나하고 잘 놀았다.

"똥도 안 닦은 밑구멍하고 친한 것들은 모두 팬티가 아니라던가?"

내가 할아버지가 물려준 성에 아버지가 손수 지어준 이름을 이빨 빠진 어느 할망구가 뜯다만 갈비처럼 동네 개들에게 던져주고 밑구멍이 되었기로서니 억울하지만 않았다. 그래도 깨끗한 팬티가 되어 나하고 친하게 지내는 친구 녀석들이나 필요할 때마다 날 찾는 버르장머리 없는 어린 계집년들이 있어서 난 그나마 위안이 되었다.

이제 내가 고향에서 밑구멍으로 불리며 밑구멍으로 살았던 일도 세월의 뒤안길로 사라져버린 지가 오래다. 벌써 몇 해 전에 친구 녀석들이 하나 둘 청도나 상해 같은 연해지구로 진출하고 늘 나에게만 버르장머리 없던 계집년들도 모두 한국으로 시집을 간지라 더러운 밑구멍인 날 기억할리가 없었다.

나 역시 밑구멍 같은 구석은 있어도 시대를 거스를 수 없었던지라 청도에 바라나와 회사를 다니고 있었다. 회사 사람들은 누구하나 내가 밑구멍으로 살았던 역사를 모르고 또 하나 같이 수양이 있는 사람들이라 불결한 말로 날 밑구멍이라고 부르는 사람은 없었지만 밑구멍 같은 나의 근성은 여전했다.

한국회사에 밟힌 오이 씨앗 통이 터져 채 여물지 못한 오이 씨가 무수히 삐져나오듯이 많은 대리 자리하나 얻어하지도 못하고 바짓가랑이만 회사 안에 슬쩍 밀어 넣어도 도꼬마리 달라붙듯 다닥다닥 달라붙는다는 한족여직원 하나를 아직 제 여자로 만들지 못했다.

"자네 한국사장님들의 밑구멍보다 못하단 말인가? 요즘은 잘 나가는 한국사장님들의 밑구멍도 매일 수만 달러를 하는 브랜드팬티와 키스를 하는 판인데 자네처럼 인물 잘나고 착실한 사람이 산동여자 하나를 품에 넣지 못하는가? 내가 하던 회사총무 직을 자네에게 넘기기로 했으니 나 없는 다음에라도 잘 해보라고⋯ 이 자리가 한족여직원들 숙사를 관리하면서 그 애들하고 친할 수 있는 꽃방석이라니까."

더 이상 한국사장님들의 밑구멍보다 못한 나를 두고 볼 수 없었던 조선족 회사총무가 사직을 하고 나가면서 나에게 자신의 직무까지 인계해주며 신신당부를 했었다.

그런데 밑구멍 같은 나는 남이 닦아주지 않으면 늘 똥 꼬치를 묻히고 다녔다. 회사총무 직을 맡은 지 얼마 안 되어 나는 똥을 닦지 못한 더러운 밑구멍이 되어 회사에서 줄행랑을 놓게 되었다.

22호 한족여직원들 숙사에 창문유리가 깨져 유리 바꾸러 들어갔다가 나는 옷걸이에 걸린 어느 한족여직원의 브래지어와 팬티를 보게 되었다. 그런데 방정맞게도 그 팬티에는 여자의 입술자국이 묻어 있었다. 무척 호기심이 동했고 언젠가 고향에서 성덕이가 하던 말이 떠올랐다.

"숙자가 처녀더라. 고년의 생 구멍을 눈 딱 감고 뚫어주었는데 가시에 찔린 손톱에서 피가 나오듯이 빨간 피가 솟더란 말이다. 그래서 내 고걸 입으로 빨아서 숙자팬티에 도장을 찍어주었다. 숙자가 죽는 날까지 그 팬티를 간직하도록 선물을 준거지 뭐."

결국 그 영지를 탐하던 놈은 나였는데 성덕이 녀석에게 그 영지를 도둑 맞혔던 것이다. 지금도 이가 갈렸다. 나는 살그머니 한족여직원의 팬티를 움켜쥐고 빨간 립스틱이 가득 게 발린 입술자국에 내 입을 가져갔다. 슬프도록 교묘하게도 팬티공장에서 찍어놓은 입술자국 사이즈와 내 입술의 사이즈는 딱 들어맞았다.

"캑캑, 성덕이 녀석이 바로 이런 영광을 누렸을 터!"

나는 한족여직원의 팬티에 찍힌 입술자국과 오래도록 키스를 하면서 감각을 찾아보았다. 어느 사이 성덕이 녀석의 가시에 찔려서 가냘픈 신음소리를 토하는 숙자의 모습이 보였고 성덕이가 아닌 내가 숙자의 팬티에 입술도장을 찍는 모습이 보였다. 나는 아예 꿈을 꾸고 있는 것 같았다.

"찐따이리, 빼타이마.(김대리님, 변태예요.)"

불현듯 22호 한족여직원들 숙사에 들이닥친 치박여자가 신경을 도사리고 날카로운 소리를 지르고 있었다.

"캑캑!"

한 순간 꿈속에서나마 암 여우의 냄새를 실컷 맡다가 호되게 물린 나는 캑캑거리며 꼬리를 사르고 말았다. 꼬리를 어디까지 사렸던가? 어머니가 재가해서 사는 연길까지 그날로 비행기로 탔다.

"자네가 고향으로 간다고 하니까 말리지 않겠네만 왜 눈알까지 빨개서 그리 허둥거리나? 어느 년의 밑을 들여다보다가 바늘에 찔리기라도 했던가? 허허!… 그래도 왜 가는지만 말하라고…"

내가 숙소에서 부랴부랴 짐을 챙겨 회사를 빠져나가다가 재수 없이 만난 부사장에게 기어코 고향으로만 간다고 하니 부사장은 더 말리지 않고 농을 하면서 너털웃음을 쳤다.

"넨장! 숙자 년의 밑을 들여다보다가 바늘에 눈이라도 찔렸으면 원이 없겠어. 지금 그럴 상황이야. 치박여자가 내 짓거리를 당장 한족여직원들에게 일러바치면 난 황하에 빠져죽어도 그 치욕을 못 벗는단 말이야?"

나는 뒤가 다급해서 부사장이 빨리 물러나기를 바랐다. 그런데 부사장이 사직서도 안 내고 다급히 가는 이유만 대라고 성화를 부려서 나는 겨우 핑계를 대고 말았다.

"저 밑구멍이 아프거든요. 거 수술을 안 하고는 못살겠어요. 벌써 며칠째 개고생인데 더 참을 수 있어야지요."

나는 부사장의 답을 기다리지도 않고 회사를 빠져나와 연길로 날아오고 말았다. 이제 치박여자가 회사 한족여직원들에게 별의별 소리로 떠들어도 걱정할 것이 없었다.

그래도 며칠은 똥 묻은 밑구멍인 나를 닦지 못해서 기분이 안 좋았다. 마침 한 회사에 다니던 박계장이 휴지를 들고 와서 나에게 묻은 똥을 닦아주었다.

"자네 왜 그리 부랴부랴 회사를 그만두었는가? 그래도 이 형님하고 말하고 떠났으면 내 술 한잔이라도 샀으련만. 자네 그렇게 무정한 사람이었던가?"

박계장은 전화로 여간 섭섭한 소리를 하는 것이 아니었다.

"거 내가 온 다음 회사는 조용하던가요? 거 치박여자랑 말입니다."

나는 박계장의 섭섭한 소리는 뒷전으로 내가 떠나온 회사가 궁금했다. 본래 말이 많은 치박여자가 낮게 떠들지 않았을 것이기 때문이었다.

"치박여자도 자네가 회사를 나간다음 곧 나갔다니까. 한 2분 후나될까? 거 회사 앞거리의 깡패와 죽자고 살자고 하더니 깡패 녀석의 본처에게 덜미를 잡혀 고향으로 쫓겨 갔어. 치박여자는 앞 구멍이 얌전하지 못해서 줄행랑을 놓고 자네는 밑구멍이 불편해서 줄행랑을 놓았네그려. 암튼 밑구멍을 잘 치료하라고… 밑구멍이 편해야 다른 데라도 취직할거니 말이야."

박계장은 안하던 농까지 했다. 참 농이 나갈 만도 했다. 제 풀에 놀라서 달아난 나의 사정까지 알면 박계장의 농은 더 징그럽고 익살스러웠을 것이다.

"제 방귀에 놀라 꽃방석을 놓치다니? 어이가 없네. 치박여자가 제 발등에 불이 떨어져 내빼는 판이었는데… 그냥 조건반사적으로 변태냐고 물었을 터인데… 낼이라도 다시 청도로 날아가서 다른데 취직이나 알아볼까? 아니야. 그래도 여기서 밑구멍 수술을 하는 척 한 달은 배겨있어야 해. 병을 핑계로 했으면 앓는 척이라도 해야지."

나는 제 방귀에 놀라 연길로 도망쳐온 내가 못내 후회스러웠지만 당장 돌아갈 수 없어서 한 달쯤 연길서 세월과 씨름할 생각을 했다.

그런데 내가 진짜로 밑구멍이 도져서 개고생을 할 줄이야. 할 일 없어 오래간만에 만난 친구들과 술만 퍼먹다가 내 밑구멍이 피해를 입고 개 불알 크기의 혹을 달고 신음할 줄이야. 밑구멍으로 고향에서 살 때는 그래도 팬티로 되어 날 친구해주던 친구 녀석들과 버르장머리 없어도 날 졸졸 따르던 어린 계집년들이 있었는데 한번 제대로 이놈의 밑구멍을 앓아보니 늘 내 밑구멍하고 궁합이 잘 맞아 돌아가던 내 팬티도 내 밑구멍하고는 놀려고 하지 않았다.

정작 밑구멍을 앓아보니 난 부끄러운 것도 모르는 천치가 된 듯했다. 병원에서 새파란 간호사 년들에게 엉덩이를 들이대고 밑구멍에 약을 발라도 아프지 않으니 털이 부수수한 새둥지를 다 보여주어도 오호라 난 좋았다. 결국 밑구멍 앓으니까 밑구멍하고 친근한 사람들은 치질병원의 의사와 간호사들이었다. 그런 간호사들의 극진한 치료로 밑구멍이 거의 완쾌되었을 때 나는 너무 갑갑하여 채팅방에 들어가서 여자들과 집적거리기 시작했다.

"나하고 섹스 할래요? 아주 잘해줄 자신 있는데…"

금방 채팅방에 들어가 "호프를 잘 마이는 여자"라는 상대에게 제 밑구멍이 안녕하지 못하면서 안녕하고 너스레를 떠니 다짜고짜 하는 소리가 반갑기 그지없었다.

"얼마인데?"

"400원이예요."

"연길서 뭐가 그리 비싸?"

"전 금방 스무 살이고 예쁘고 학생이거든요. 또한 즐겁게 해줄 자신도 있으니…"

흥정을 해보니 4천을 주어도 아깝지 않을 여자였다. 그런데 질펀하게 흥정을 하는 동안에도 한번 신선놀음을 해볼 놈은 감각이 무뎌있었다. 밑구멍을 앓으며 띠로 꽉 조여주어서 욕구까지 마비된 것 같았다. 놀아볼 놈이 놀 궁리가 없으니 내 마음이 그를 지배할 수도 없었다. 아쉬운 대로 "호프를 잘 마이는 여자"의 성의를 나는 거절했다.

"저기 뭐야? 나 지금 청도인데 며칠 후 연길에 가서 찾으면 안 될까?"

나는 그냥 놓치기 아쉬운 섹스상대라 아름다운 짓거리를 얼마간 늦추려고 했다. 만식당육이라 했으니 굶주렸다가 잡아먹는 토끼고기는 더 맛있을 거라고 확신을 했다.

"좋을 대로요. 브랜드는 잘 나가지도 않으니까요. 연길에 오시면 일삼팔영사삼삼육구육구 번에 연락을 주세요."

"호프를 잘 마이는 여자"는 브랜드답게 고객의 만족에도 오케이를 잘했다. 고마웠다.

난 밑구멍이 빨리 낫기를 기다렸다. 그런데 어디 그렇게 생각대로 나아줄 밑구멍이 아니었다. 엄지손가락만한 혹이 남아서 그냥 고통을 주고 있는 것이 아닌가? 그래도 요즘은 주눅이 들었던 자라목이 대가리를 쳐들기 시작해서 나는 요망한 목표로 다가가고 있었다.

나는 슬며시 손으로 자라목을 움켜잡고 손빨래를 해보았다. 그동안 깊숙한 갑 속에서 잠자던 놈은 깨어나서 탈 없이 샤워를 하고 있었다. 드디어 놈은 헛구역질에 침까지 탁 뱉는 것이 아닌가? 그런데 그놈이 침을 탁 뱉는 순간 나의 밑구멍도 얼마간 통증을 잊고 편한 숨을 쉬고 있어 놀라웠다.

"넨장! 이웃집 놈이 춤추면 아랫집 놈이 즐겁다더니 바로 이걸 두고 하는 소리구나. 아래 웃집이 화목한 일은 늘 있어야 하는 것이렷다."

그 후로 나는 자주 나의 자라목에 대한 손빨래를 자주해나갔다. 윗집이 춤을 춰서 아랫집이 즐거운 노릇은 오래도록 계속 되었다. 그러는 동안 나의 밑구멍이 혹을 툭 털어버리고 언제 그랬냐하고 얌전을 부렸다. 이제 아랫집이 노래를 부르니 윗집 녀석은 손빨래가 아닌 세탁기에 들어가서 어지러울 때까지 춤을 춰보겠다고 칭얼거리기까지 했다.

"이제 여우사냥을 나가볼까? 여우가 발정 난 계절에 손빨래가 가당키나 한가? 회전이 빠른 세탁기에 들어가서 놀아나보는 거지."

나는 싸구려 여관방에 들고 핸드폰을 꺼내들었다. 그리고는 일삼

팔영사삼삼육구육구 번을 누르고 통화버튼을 눌렀다.

"여보세요?"

간드러진 여자의 목소리가 내 간을 녹이고 염통에 불 지르기엔 충분했다. 벌써 나의 거대한 자라목도 한번 세탁기에 들어가 때를 원 없이 훌 벗겠다고 설친다.

"개새끼, 너 엄마가 네 밑구멍 앓을 때 택시비 5원이 아까워서 탈탈거리며 1원짜리 노선버스를 탔는데 400원이 뭐 길바닥에 버리는 냉수인줄 아니?"

문득 누군가 날 욕하고 있었다. 울 엄마는 아니었다.

"개새끼, 너 사촌여동생이 결혼할 때 단돈 1원을 부조 했니? 그리고 네 조카가 감기 앓을 때 병원비 1원을 보냈니?"

또 누군가 나를 욕하고 있었는데 그는 내 사촌여동생도 아니요, 내 조카도 아니었다.

이들은 모두 내 마음속에서 울려나오는 소리였다. 나는 핸드폰을 닫아버렸다. 그리고 나는 싸구려 여관방의 차가운 침대에서 손빨래를 하기 시작했다.

쾌지나 칭칭 나네!

김춘택:
1972년, 길림성 안도현 출생. 연변작가협의 회원. 동화집 〈날개 달린 산새 알〉, 〈닭털벼를 무너진 로마제국〉출간. 현재 길림백천문화미디어오안회사 대표.

한국 동시단의 엄지별 엄기원 詩人

엄기원 대표동시 10편
엄기원 작가 작품론/ 깨우침과 울림의 이중주/ 박상재
엄기원 연보

1학년 동시 짓기

"엄마, 일루 와 봐."
학교에서 돌아온
1학년 용수
공책을 펴 들고 엄마를 불렀다.

"선생님이 동시 지어 오랬어.
 엄마 동시 알어?"
"알지."
"그럼, 가르쳐 줘."

-산골짜기 다람쥐
아기 다람쥐-
"이런 노래 알지?"
"응, 알어."
"그런 게 동시야."

1학년 용수는 대번에 썼다.

-산골짜기 다람쥐
　아기 다람쥐-
동시는 웃긴다
내가 아는 노래다.

풀꽃

이름 참 좋다.

언제나 싱싱하고
언제나 아름다운

넌
풀처럼 수수해 좋고
꽃처럼 화사해 좋고.

이름

나 김은수
누나 김은지
아빠 김장철
엄마 윤영옥

어, 이상하다.
엄마만 왜 윤일까?
안됐다.
엄마도 '김영옥' 하지!

아기 크는 집

무르팍 누빈
아기 바지처럼
방마다 문도 기운 옷을 입혔네.

제자리에 얌전히 있어야 할
작은 세간들
아기 손에 끌려
나뒹굴어지고,

널따란 벽
대문짝엔
아기가 꿈을 그린
추상화 몇 폭.

언제나 웃음 속
햇빛 밝은 집.

엄마도 아빠도
이겨 버리고,

실컷 먹고
실컷 갖고

그 큰 욕심만큼
아기가 큰다.

골목길

햇빛도 어두워서
못 오나 봐?

언제 봐도 햇빛은
담장 벽까지만 와
놀다 가버린다.

구멍가게에 놓인 곶감은
주인 할머니를 닮아
하얗게 늙었다.

저쪽 집
대문 앞엔
사나운 개가 앉아
우리가 지나가면
막 짖어댄다.

누가
저를 욕한 것처럼….

해 지는 시간이면
누구의 아버진지?

생선마리 꿰어 들고
바삐 바삐
저쪽 골목길로 사라진다.

아기와 염소

걸음마를 배우는 아기가
염소 앞에 갔습니다.

풀을 뜯던 염소가
아기를 보았습니다.
염소는 아기가 귀여운 모양입니다.

염소는
턱밑의 긴 수염을
흔들어 보았습니다.
아기는 까르르 웃었습니다.

이번엔
도라지 같은
뿔을 자랑했습니다.

아기는 두 손으로
뿔을 잡아당겨보고
또 까르르 웃었습니다.

염소는 아기처럼 착했습니다.
아기는 염소처럼 착했습니다.

꽃사슴

노르스름한 털옷에
함박눈 무늬

가느다란 다리에
까만 발이
예쁘고,

옹달샘처럼
맑은 눈도
예쁘고,

꽃사슴은 어딜 보아도
멋쟁이구나.

머리 위에 뿔은
토끼가 보아도
무섭지 않겠다.

가시덤불 산길이나
돌밭길은 모르지?

언제나 파란 풀밭에서
누나처럼
먼 하늘을 쳐다본다.

이게 행복이래요

엄마가 말했어요

내가 잠 잘 자는 거
반찬 투정 안 하고
아무거나 잘 먹는 거

동네 아이들과
뜀박질하며 잘 노는 거

이게 행복이래요

아빠가 말했어요

아파트가 좁고
냉장고는 고물딱지
자전거도 고물딱지

값비싼 옷 안 입어도
우리 가족
밝은 얼굴

이게 행복이래요.

병아리

조그만 몸에
노오란 털옷을 입은 게
참 귀엽다.

병아리 엄마는
아기들 옷을
잘도 지어 입혔네.

파란 풀밭에 나가 놀 때
엄마 눈에 잘 띄라고
노란 옷을 지어 입혔나 봐.

길에 나서도
옷이 촌스러울까 봐

그 귀여운 것들을
멀리서
<u>꼬꼬꼬</u>
달음질시켜 본다.

산딸기

산새밖에 모르는
저 산 숲 속에
빨갛게 빨갛게
익은 산딸기.

비쫑 비쫑
고운 새소리,
고걸 듣고 그렇게
고와진 딸기.

샘물밖에 모르는
저 산 숲 속에
옹기종기 탐스레
익은 산딸기.

조르르
맑은 샘물 소리,
고걸 듣고 그렇게
예뻐진 딸기.

깨우침과 울림의 이중주

□ 박상재

Ⅰ. 시인이 걸어온 길

아동문학가 엄기원은 1937년 1월 10일(음력 1936. 11. 25.) 부친 엄동섭과 모친 함영주 사이에 강원도 정선군 임계면 송계리에서 3남2녀 중 장남으로 태어났다. 그의 본관은 영월이고 출생 후 강릉군 구정면 제비리에서 조부모의 사랑을 받으며 성장하였다. 그의 집안은 유복[1]하여 어린 시절 바이올린을 연주[2]할 정도였다. 그는 구정국민학교를 졸업하고 강릉사범 병설중학교와 강릉사범학교를 졸업하고, 1955년 3월 향리 제비국민학교에 교사로 부임했다. 그는 초등학교 3학년 때 조국의 해방을 맞고, 중학교 2학년 때 6·25전쟁을 겪는 등 격란의 소용돌이를 체험한다.

엄기원은 초등학교 교사가 되면서 아동문학에 뜻을 두고 강릉의 초등학교 교사를 중심으로 한 아동문학동인 조약돌[3]을 창립한다.

---

[1] 부친은 정선의 '강창회상회'와 묵호의 '관동택시' 영업소장으로 일하다, 해방 후에는 구정면 부면장과 면장을 지냈고, 자유당 시절에는 강릉 명주 사무장을 지냈다.

[2] 「천생 어린이의 벗으로 살다」, 『엄기원동시선집』, 지식을만드는지식, 2015. 182쪽

그는 1963년 한국일보 신춘문예 동시부문에 〈골목길〉[4]이 당선하여 문단에 데뷔한다. 그는 등단 3년

후인 1966년 첫 동시집 『나뭇잎 하나』(문왕출판사)를 상재한다. 그 후 1971년 『아기와 염소』(카톨릭출판사), 1975년 『아기 크는 집』(세종문화사), 1976년 『어린이 만세』(시문학사), 1980년 『꽃이 피는 까닭』(시문학사), 1986년 『동시집을 펼치면』(우성문화사), 1987년 『산을 오르는 아이』(대교문화), 1990년 동요집 『들길을 걷다보면』, 1991년 『참 잘했지』(아동문예), 1994년 『너희는 금빛 날개를 달고』(한글), 1997년 동시선집 『대장과 졸병』(익산), 2000년 동시선집 『365일 동시여행』(현민), 2001년 동시선집 『개구쟁이 편지 쓰는 날』(대한), 동시선집 『미술관에 간 동시』(영림카디널), 2005년 동시선집 『고학년이 참 좋아하는 동시 123』(영림카디널), 2006년 『배꼽 밑에 점하나』(아동문학세상), 2011년 『삼월의 기차 여행』(아동문학세상), 2013년 『팔랑개비』(아동문학세상), 2015년 『엄기원 동시선집』(지식을 만드는 지식)을 상재했다.

그가 출간한 동화집으로는 1980년 『달을 보고 짖는 개』(삼성당), 1982년 『이상한 청진기』(견지사), 1983년 『수탉』(꿈동산), 1987년 『별나라에 다녀온 아이』(성문사), 『이야기하는 교실』(대교문화), 1988년 『전국동물단합대회』(교육문화사), 1990년 『싸움은 이겼어도』(삼익출판사), 1991년 『단종과 엄홍도』(대교출판), 『평양에서 온 친구들』(신원문화사), 1993년 『앞장선 꼴찌』(서원), 『숙제 없는 학교』(글세계), 1997년 『별난 결혼식』(민지사) 등이 있다.

엄기원은 교단에 선지 25년 동안 교직에 몸담았다. 고향인 강릉에서 12년[5] 서울의 사립인 추계초등학교에서 13년을 교사로 있다가

---

3) 창립 멤버는 엄기원, 김원기, 엄성기, 박은수, 최종숙, 박영규 등이었다.
4) 심사위원은 마해송, 김영일이었다.
5) 구정·묵호·사천·강릉초등학교에서 12년간 교사생활을 했다

1981년 8월 말 명예퇴임했다. 그는 이듬해부터 한국아동문학연구소6)를 설립하여 지금까지 운영하고 있다.

그는 1981년 동국대 교육대학원에서 국어교육을 전공하고 초등학교 교과서 집필위원과 심의위원을 지냈다. 1975년 『아기 크는 집』으로 한정동아동문학상을, 1987년 『동시집을 펼치면』으로 대한민국 PEN문학상을 받았고, 『숙제 없는 학교』로 한국문학상을 받았다. 1998년에는 방정환문학상을, 2001년에는 예총예술문화상(문학부문 대상), 2002년에는 『단종과 엄홍도』로 제3회 지구문학상을, 2003년에는 『개구쟁이 편지 쓰는 날』로 김영일아동문학상을 받았다. 2004년에는 『미술관에 간 동시』로 박홍근아동문학상을, 『내 친구 명섭이』로 천등아동문학상을 받았고, 2008년에는 한국민족문학상 대상을 받았다.

문단 활동도 활발하게 하여 1993년 한국문인협회 아동문학분과 회장에 피선된 후, 이사·부이사장을 역임했다. 1999년 한국음악저작권협회 이사, 2000년에는 국제PEN 한국본부 이사를 역임했다.

그는 초등학교 교사에서 퇴직한 후 신구전문대, 서일대, 한국교원대, 명지대, 삼육대 등에서 아동문학을 강의했다. 그는 동요 보급에도 앞장서 동요집 『들길을 걷다보면』(1990, 미리내), 동요곡집 『모두가 즐거워요』(1995, 음악교육연구회)을 펴냈다. 1992년 대한민국 동요대상을 받았고, 2001년에는 한국동요작사작곡가협회 회장을 지냈다.

---

6) 1990년부터는 명칭을 한국아동문학연구회로 개칭하고, 계간 《아동문학세상》을 발행해오고 있다.

Ⅱ. 엄기원의 동시 세계

1. 관찰력과 상상력으로 일군 천석고황

엄기원은 동시로 출발하여 동화책도 10권 이상 상재하였다. 이 글에서는 그의 동화는 제외하고 동시로 국한해서 살펴보고자 한다. 그의 문학적 시원과 원류는 동시이기 때문이다. 엄기원은 반세기가 넘는 오랜 세월 동안 동시 창작에 매진해왔다. 시 창작은 언어라는 몸체에 상징과 비유라는 옷을 입히는 작업이다. 시인이 체득한 삶에서 건져 올린 심상이라는 언어의 향기는 진한 감동을 준다.

시인은 예리한 관찰력의 소유자여야 한다. 사물이나 현상을 볼 때에는 어린이와 같은 눈과 순수한 마음을 필요로 한다. 그것은 현미경으로 보는 과학적 차원의 관찰력과는 다르다. 영국의 시인이자 비평가인 콜리지(Samuel Taylor Colericge)는 '시인이란 어린이의 단순성을 어른의 모든 능력 속에 지니는 사람이다. 그는 관습에 짓눌리지 않고 버릇에 사로잡히지 않는 심혼으로 어린이와 같은 신선함과 경탄을 가지고 모든 것을 생각한다'고 말한다. 독일의 시인 릴케도 '자연을 가까이 하라, 그리고 마치 최초의 인간의 한 사람처럼 자기가 보고 경험하고 사랑하고 잃어버리는 것을 표현하려 들라'고 조언한다. 영국의 시인 스펜더(Stephen Spender)는 『인생과 시인』이라는 저서에서 '새로움과 놀람은 어린애 같은 단순이나 유치함과는 별개의 것이다. 왜냐하면 그 새로운 지각의 세계는 생생하게 남아 있는 과거의 경험의 기억과 이어진 연상의 세계이기 때문이다'라고 부언한다.

이러한 말들은 시인이 소재를 대할 때 평범한 사물이라도 습관적으로 건성으로 보지 않고 예리하고 면밀하게 관찰했을 때 새로움을 발견할 수 있다는 뜻이다. 이것은 사물이 지니는 모습이나 현상이 때에 따라 변하기 때문이요, 사물이 가지고 있는 이치는 변화무쌍하기 때문이다. 시인이 어떤 사물에서 새로움을 발견했을 때 그 경이로움이 마치 티 없는 마음의 어린이나 세상 사물을 처음 대하는 최초의 사람 같다는 뜻이다.

시는 상상력의 산물이다. 프랑스의 시인 랭보는 시인을 가리켜 '새로운 것을 발견하는 사람'이라고 했다. 시인은 상상력을 통해 새로운 사실을 발견해 낸다. 시에서의 상상력이란 시인 정신의 현상학적 환원이라고 할 수 있다. 대상에 대하여 시인이 가지는 사상이나 감정이 정신 활동으로서의 상상력에 의해 구체화 되는 것이다. 시에서 표방한 상상력이란 시인이 어떤 생각을 펼쳐가는 형식적 틀의 기초가 되는 것이라 할 수 있다. 시의 의미 작용은 시라는 틀을 통해 드러나는 미적 양상이다. 그 때문에 의미작용의 양상은 그 시인의 정신세계를 직접 확인할 수 있는 준거가 된다.

시에서의 의미작용은 관점에 따라 여러 갈래로 나눌 수 있다. 엄기원 동시에 나타난 의미 작용의 양상은 대체로 순수 서정적 의미작용, 교훈적 의미작용, 현실 비판적 의미작용 등 세 가지가 주축을 이루고 있다. 순수 서정적 의미작용이란 심미적 의미작용이라고도 환언할 수 있다. 즉 어떤 대상에 대한 순수한 미의식을 바탕으로 주제가 성립되는 일련의 시를 통해 볼 수 있는 것이다.

엄기원이 창작한 서정동시는 주로 계절적 소재로 자연현상과 관련되는 것들이 주류를 이루고 있다. 이런 부류의 시는 계절에 대한 감각적 묘사나 계절이 주는 정서 표현이 많은 비중을 차지한다.

꽃이 행복한 것은/ 늘 웃기 때문이야.// 하늘 보고 웃고/ 구름 보고 웃고//

벌레하고도 웃고/ 새하고도 웃고/ 사람하고도 웃고// 깜깜한 밤엔/ 혼자서도 웃지.//

그래서 꽃은/ 웃음 하나로 행복한 거야.// 꽃이 행복한 것은/ 착한 마음 때문이야.//

미워하는 마음도 없고/ 싫어하는 마음도 없고//

생긴 얼굴 그대로/ 가진 빛깔 그대로/ 풍기는 꽃내음 그대로지.//

그래서 꽃은/ 착한 마음 하나로 행복한 거야.//

꽃이 행복한 것은 늘 웃기 때문이고, 착한 마음을 가지고 있기 때문이라고 했다. 행복해서 웃는 것이 아니라 웃어서 행복해지는 것이다. 꽃이 핀 것을 꽃이 웃는 것으로 표현한 것은 전혀 새롭거나 신선한 것이 못된다. 하지만 웃는 대상의 외연을 확장하고 깜깜한 밤에도 혼자 웃는다고 한 표현은 새로운 발견이다.

시인이 시의 소재를 선택할 때는 스스로의 정서를 표현하는데 알맞은 것을 선택하기 마련이다. 엄기원은 강릉의 변방인 동해바다가 가까운 칠성산 자락에서 나고 자랐다. 그 때문에 그의 정서는 유년 시절부터 이미 자연과 합일되어 있다.

어디메서 밤사이 날아왔는지/ 보오얀 마당 위에 나뭇잎 하나/

바람 찬 가을밤이 추워서일까?/ 얼굴이 빠알개진 나뭇잎 하나//

무슨 얘기 하고파 찾아왔는지/ 차디찬 댓돌 위에 나뭇잎 하나/

서리 온 가을밤이 추워서일까?/ 두 볼이 빠알개진 나뭇잎 하나.

≪나뭇잎 하나≫, 문왕출판사, 1966

〈나뭇잎 하나〉는 7·5조의 운율이 살아있는 동요시이다. 서리가 내린 가을 아침의 정경을 그리고 있다. 가을이 되니 아침 바람이 더욱 차다. 아침에 일어나 보니 마당에 빨간 단풍잎이 떨어져 있다. 차가운 댓돌 위에도 나뭇잎이 떨어져 있다. 두 볼이 발갛고 얼굴이

114

빨개진 나뭇잎을 의인화하여 사람처럼 표현하고 있다. 낙엽 되어 떨어진 단풍잎 하나에도 애정 어린 눈길을 주고 있다. 붉게 단풍든 낙엽을 두 볼이 빨개진 나뭇잎이라고 한 표현은 동심의 눈으로 사물을 본 결과이다.

산새밖에 모르는/ 저 산 숲속에/ 빨갛게 빨갛게/ 익은 산딸기.//

비쫑 비쫑/ 고운 새소리,/ 그걸 듣고 그렇게/ 고와진 딸기.//

샘물밖에 모르는/ 저 산 숲속에/ 옹기종기 탐스레/ 익은 산딸기.//

조르르/ 맑은 샘물 소리,/ 그걸 듣고 그렇게/ 예뻐진 딸기.

≪아기와 염소≫, 가톨릭출판사, 1971

〈산딸기〉는 숲속에 빨갛고 탐스럽게 익은 산딸기를 노래하고 있다. 산딸기가 곱게 익은 것은 '비쫑 비쫑' 고운 새소리를 듣고 자랐기 때문이라고 했다. 3연에서는 산딸기가 예쁘게 익은 것은 '조르르' 맑은 샘물 소리를 듣고 자랐기 때문이라고 했다. 고운 새소리와 맑은 물소리를 듣고 자란 열매이기 때문에 색깔이 곱고 예뻐진 것이라 해석한 것이다. 자연 속에 묻혀 산수(山水)를 즐기고 사랑하는 것이 정도에 지나쳐 마치 고치기 어려운 깊은 병과 같음을 이르는 말 천석고황을 노래하고 있다.

대추씨 하나 땅에 묻히면/ 대추나무 싹이 트고/ 솔씨 하나 땅에 묻히면/ 소나무 싹이 튼다//

그 조그만 씨앗 속에/ 얼마나 큰 힘이 있어/ 하나의 생명체가/ 땅을 뚫고 올라올까?//

먼지만큼 작은 풀씨에도/ 풀의 빛깔이 있어/ 들판을 파랗게 만든다//

아무리 생각해도/ 참 신기한 일이다/ 그 작은 씨앗 속에/ 우주만 한 생명이 들어 있다는 것이.

≪미술관에 간 동시≫, 영림카디널, 2003

〈씨앗〉은 생명의 신비와 경이로움을 노래하고 있다. 미국의 위스콘신 주 메네모니 저수지에서 출토된 토기에 들어있던 호박씨는 800년 만에 꽃을 피워 열매를 맺었다. 함안 성산산성에서 발견된 아라 홍련은 700년 동안 잠들어 있다 꽃을 피웠다. 이러한 환상적인 사건은 생명의 경이를 체감시키고도 남는다. 작은 솔씨 하나가 싹이 트면 커다란 소나무가 되고, 작고 단단한 대추씨는 싹이 터서 올망졸망 수많은 열매를 몸에 가득 다는 대추나무가 된다. 먼지만큼 작은 풀씨들이 싹을 틔워 자라면 들판을 파랗게 만드는 것을 보며 작은 씨앗 속에 우주만한 생명이 들어 있다고 생각한 것이다. 시인은 먼지만큼 작은 풀씨 속에서도 우주의 생명을 느낀 것이다. 사유의 확장은 시적 환상을 촉발시켜 읽는 즐거움을 준다.

산은 아무렇게 생겼어도/ 부끄러워하지 않는다/ 치장할 줄도 모르고/ 생긴 대로 보여 준다//

흙과 바위와 물로/ 온갖 풀과 나무를 키운다/ 그것들이 아무 데서나/ 아주 편안하게 살게 내버려 둔다//

싫어하지 않고/ 잔소리하지 않는 산!/ 짐승과 새와 벌레들까지/

안개, 구름, 눈,/ 비, 바람, 햇빛까지/ 속에 안아 준다// 산은 은혜를 베풀고도/ 한마디 말이 없다.

≪배꼽 밑에 점 하나≫, 아동문학세상, 2006

〈은혜를 베풀고도〉는 흙과 바위와 물로 풀과 나무를 키우는 산을 노래하고 있다. 사람들은 대부분 남을 도와주고 나면 생색을 내거나 치사를 들으려한다. 남이 치사를 안 해주면 스스로 공치사를 하기도 한다. 산은 자연을 품어주고 길러준다. 지친 사람들을 받아들여 위로해 주고 병을 치유해준다. 온갖 은혜를 베풀고도 공치사를 들으려하지 않는 산의 넉넉함, 이 시는 그 산의 너그러움과 든든함을 노래하고 있다. 산의 이미지는 품어준다는 의미에서 어머니이고, 든든함과 묵직함에 있어서는 아버지이다. 그런 의미에서 산은 음과 양이 조화를 이루고 합일된 부모의 이미지이다.

나무도 사람처럼/ 밥을 먹고 사는가 봐?//

이팝나무는/ 하얀 쌀밥을 먹고/ 조팝나무/ 노란 조밥만 먹고 자라//

이팝나무엔 하얀 꽃/ 조팝나무엔 노란 꽃//

나무도 사람처럼/ 빈부 차가 많은가 봐?

〈나무도 사람처럼〉 전문

사월이 되면 싸리나무를 닮은 조팝나무가 하얀 꽃을 피운다. 좁쌀처럼 작고 하얀 꽃은 눈부시다. 조팝나무라는 이름이 좁쌀에서 연유한 것은 맞다. 좁쌀을 튀겨놓은 것처럼 작고 하얗기 때문이다. 하지만 조팝나무의 꽃이 결코 노랗지는 않다. 그런데 이 시에서 조팝나무는 노란 조밥만 먹고 자라 노란 꽃이 피었다고 표현했다.

이 시를 읽는 독자들이 조팝꽃이 노랗다고 인식하게 된다면 걱정이다. 물론 조팝나무의 꽃술은 노란색이지만 조팝꽃은 전체적으로 눈부신 흰 색이미지가 강하다. 시인은 쌀밥 먹는 이팝나무는 부자나무이고, 조밥 먹는 조팝나무는 가난한 나무로 설정하였다. 시인이 어린 시절에는 그랬겠지만 오늘날에는 좁쌀이 쌀보다 더 비싼 시대가 되었다. 나무가 밥을 먹고 산다는 상상은 재미있지만, 이러한 시적 상상은 오류일 수밖에 없다.

2. 깨우침과 울림, 은근한 가르침

한국의 동시 문단은 60년대 이후 "동시도 우선 시가 되어야 한다"라는 주창이 강하게 대두되어 왔다. 그 이전의 동시가 이른바 동심천사주의적 편린과 아동문학의 특성인 교육성에 얽매어 문학성이 간과되어 왔기 때문이다. 동시는 어린이를 대상으로 하는 특수문학이기 때문에 쉬워야한다는 시류 인식에 편승해 문학성이 없는 동시들이 양산되었다. 이즈음 등단한 신인들[7]을 중심으로 안일한 창작 태도를 타파하려는 시도가 충만하였다. 이는 교육성이라는 명분으로 문학성을 고려하지 않은 치졸한 아마추어적 작품들을 쏟아냈던 문단에 대한 반기였다.

동시의 문학성은 문학으로서 갖추어야 할 예술성과 감동에서 발현하는 향기를 의미한다. 특히 시는 절제되고 조탁된 언어로 인간의 삶과 심성을 형상화하는 언어예술이다. 따라서 가장 어울리는 시어를 정선하여 언어미를 살려야 문학성이 고양될 수 있다. 언어미는 운율, 이미지, 상징, 어조 등의 요소들이 조화롭게 어우러져 형성되고, 이러한 조화의 아름다움이 문학성으로 이어질 수 있는 것이다.

동시의 고갱이는 동전의 양면처럼 동심과 문학성이 조화를 이루어야 한다. 동시에 교육적인 메시지를 드러나게 전달하려 할 때 문학성은 폄하될 수밖에 없다. 독자들에게 시적인 감수성을 길러주고 문학성과 교육적 목적을 실현하기 위해는 시적 형상화와 언어미를 갖춘 동시가 창작되어야 한다.

60년대 초에 신춘문예를 통해 등단한 엄기원은 동시의 품격을 높이려는 대열에 합류하며 문학성을 고양하는 일에 동참했다. 60년대 이전 동시의 답보성에서 벗어나고 한계를 극복하려는 강한 실험정

---

7) 최계락, 이종택, 이종기, 조유로, 박경용, 신현득, 유경환, 김종상 등을 거론할 수 있다.

신으로 나타났다.

햇빛도 어두워서/ 못 오나 봐?// 언제 봐도 햇빛은/ 담장 벽까지만 와/ 놀다 가 버린다.//

구멍가게에 놓인 곶감은/ 주인 할머니를 닮아/ 하얗게 늙었다.//

저쪽 집/ 대문 앞엔/ 사나운 개가 앉아 / 우리가 지나가면 / 막 짖어 댄다.//

누가 / 저를 욕한 것처럼···// 해 지는 시간이면/ 누구의 아버진지?//

생선 마리 꿰어 들고/ 바삐 바삐/ 저쪽 골목길로 사라진다.

〈골목길〉 전문, ≪한국일보≫ 1963. 1. 1.

〈골목길〉은 엄기원에게 등단의 기쁨을 안겨준 시이다. 기존의 60년대 이전의 동시와는 차별화되어 있다. 시의 주제가 그렇고 시적 스케치가 그렇다. 이 시의 화자는 아이이다. 시인은 당시대 골목길의 풍경을 스케치하듯 그리고 있다. 이 시가 쓰여진 때는 60년대 초이다. 담장이 높아 햇빛도 잘 들지 않는 골목에 구멍가게가 있고, 주인할머니는 곶감의 분가루처럼 하얗게 머리가 쇠었다. 골목 집 대문 앞에는 무서운 개 한 마리가 앉아 사납게 짖어댄다.

화자는 개가 짖어대는 것을 누가 개에게 '욕을 한 것처럼'이라고 표현했다. 유쾌한 동심의 해학이다. 누군가가 개에게 욕[8]을 했기 때문에 격하게 짖어댄다고 생각한 것이다. 남을 모욕하거나 저주하는 말을 욕설이라 한다. 사람들은 욕설을 할 때 개에 빗대어 많이 한다. 대개 성인보다는 나이가 어릴수록 욕을 많이 하는 편이다. 해 질 녘 생선 한 마리를 꿰들고 바삐 집으로 향하는 가장의 모습에서 골목길 풍경을 엿볼 수 있다.

---

8) 프랑스의 사상가이자 작가인 볼테르는 '사람들은 할 말이 없으면 욕을 한다'고 했다.

울 밑에 심심풀이로/ 꽃씨 몇 알 뿌려 놓고,// 까맣게 잊고 있었는데/ 어느새 싹이 트고/
줄기가 자라/ 봉숭아꽃, 분꽃이/ 고맙다고 웃는다.// 그때/ 꽃씨 뿌리길 참 잘했지.//
날마다 메꾸는 나의 일기/ 쓰면서 쓰면서/ "에이, 일기는 뭐 하러 쓴담?"/ 투덜댔는데//
먼 훗날/ 그 일기 읽어 보니/ 온갖 기억 되살아난다.// 그때/ 일기 쓰길 참 잘했지.

≪참 잘했지≫, 아동문예, 1991

　어떤 일을 시도할 때에는 귀찮아지고 싫어질 때가 있다. 하기 싫
어 미적거리거나 제쳐두기도 한다. 〈참 잘했지〉는 이러한 인간의 보
편적 심리를 잘 표현하고 있다. 울밑에 심심풀이로 뿌려둔 꽃씨가
싹이 트고 자라서 꽃을 피운다. 그 꽃핀 모습을 보고 꽃씨를 뿌리기
를 잘했다고 화자는 생각한다. 날마다 일기를 쓰는 일도 번거롭고
귀찮을 때가 많다. 하지만 세월이 지난 후 읽어보면 추억이 되살아
나서 일기 쓰기를 잘했다는 생각을 하게 되는 것이다. 일기쓰기의
보람을 꽃피움에 비유하였다. 비단 일기쓰기 뿐 아니라 살아가면서
겪는 이의 대부분이 그러하다. 노골적인 지시가 아니라 은근한 가르
침이 있는 동시이다.

어머니는 언제나 그러셨어요/ 내가 어렸을 적에/

따뜻한 아랫목엔/ 나를 재우고/ 어머니는 윗목에/ 누우시면서//

"나는 시원한 데가 좋단다."// 어머니는 언제나 그러셨어요/ 내가 어렸을 적에//

구운 생선 살코기는/ 나만 주시고/ 어머니는 뼈다귀만/ 빠시면서//

"나는 생선뼈가 맛있단다."

≪배꼽 밑에 점 하나≫, 아동문학세상, 2006

〈어머니는 언제나〉는 어머니의 숭고한 자식 사랑을 노래하고 있다. 자식이라면 누구나 겪으며 느꼈던 사모의 정을 풀어놓고 있다. 자식에 대한 어머니의 사랑을 모성애라 한다. 모성애는 본능적이고 무조건적인 성격을 지닌다.

상대방에게 느끼는 측은지심, 보호본능도 넓은 의미의 모성애라 볼 수 있다. 자신은 차가운 곳에 자면서도 자식은 언제나 따뜻한 아랫목에 눕히는 것이 모성애이다. 피붙이에 대한 절대적인 모성적 사랑은 모든 동물에게서 공통으로 나타난다. 때로 비정한 경우도 돌출되지만 어디까지나 돌연변이적인 것이다.

태초부터 오늘날까지 어머니는 절대적인 존재이다. 나이를 먹으면 먹을수록 어머니라는 숭고한 존재는 짙은 그리움으로 되살아난다. 자식에게는 살코기만 주고, 정작 자신은 뼈를 좋아한다며 생선뼈만 빠는 보편적인 모성애를 노래하고 있다. 시인은 '부모에게 효도하라'는 직설화법 대신 은근한 간접화법으로 효성을 가르치고 있다.

동쪽/ 먼 바다 속에서/ 고개만 내밀고/ 사철 해돋이 구경만 하고 있는/ 우리의 막내 섬!//

주워 온 아이처럼/ 내버려 두어도/ 넌 외로워하지 않고/ 꿋꿋하게 견디고 있구나.//

어따금/ 누가 너를 자식이라 꾀어도/ 똑똑한 눈빛으로/ "난 대한의 섬이오!" / 하고 외치는 독도.//

너로 하여금/ 우리는 내 것의 귀중함을 깨닫는구나./ 고맙다, 독도야!

≪개구쟁이 편지 쓰는 날≫, 대한, 2001

〈독도〉는 한일 간 외교마찰로 비화될 때마다 대한민국 국민들의 애국심이 공분으로 발현되는 섬 독도를 소재로 하고 있다. 동시인들도 현실 문제를 외면하거나 둔감해서는 안 된다. 독도 영유권에 대해 억지 주장을 펼치는 일본 정부의 작태를 묵인 방관하는 것은 역사에 죄를 짓는 일이다.

독도를 해돋이구경만 하는 '막내'와 꿋꿋하게 외로움을 견디는 '주워온 아이'로 비유하고 있다. 본국 영토라고 억지 주장을 펴는 일본을 직접 거론하지 않고, '누가 자식이라 꾀어도'라고 표현함으로써 절제의 미를 거두고 있다. '독도'로 인해 '내 것의 귀중함을 깨닫는' 것은 은근한 가르침이다. 애국심을 노골적으로 부추기는 것이 아니라 스스로 깨닫게 하는 것이다.

고물고물/ 꼬지락꼬지락// 오 작은/ 아기 손가락/ 깨물어 주고 싶다.//

내 손가락 대 주면/ 꼭 쥐고 놓지 않는.//

꼬물꼬물/ 꼼지락꼼지락/ 애벌레 같은 손가락/ 누에 같은 손가락.

〈아기 손가락〉 전문

화자는 아기의 손가락을 관찰하고 있다. 아기는 그야말로 순진무구하다. 걸음걸이도 서툴고 하는 짓이 다 앙증맞다. 아기는 늘 새로움이고 귀여움이다. 희망이고 웃음이다. 아기의 여러 신체부위 중에서도 손가락을 글감으로 잡았다. 흔히 아기 손을 고사리 같다고 표현한다.

아기의 몸 중에서도 손가락은 유난히 더 귀엽다. 호기심 때문에 무엇을 만지려하고, 잡으려하고 늘 꼼지락거리며 움직인다. '고물고물 곰지락곰지락'거리다, '꼬물꼬물 꼼지락꼼지락'거린다고 표현하며 움직임에 대한 변화를 주었다. 애벌레들도 늘 꼼지락거리고 잘 움직인다. 깨어 있고, 살아있다는 반증이다.

Ⅲ. 맺는 말

엄기원은 태생부터 아동문학의 인자를 갖고 태어난 듯하다. 음성부터 여성적이고 겸손하면서 예의바르다. 어린 시절 조부모의 지극한 사랑과 부모의 가정교육을 받으며 성장한 까닭이다. 그는 초등학교 시절부터 글짓기, 서예, 미술 등을 고루 잘하여 주위의 칭찬을 많이 받았다. 강릉의 산해를 품으며 문학적 정서를 함양했다. 사범학교를 졸업하고 교사가 되어 60년 세월 동안 줄곧 아동문학가의 길을 걸어오며 아동문학 전문지 《아동문학세상》을 90호 넘게 발행해왔다. 팔십 평생 얼굴 붉히며 싸운 적이 없을 정도로 성격이 온순하며 타인에 대한 배려심이 강하다.

이런 그의 성격처럼 그의 문학도 사뭇 여성적인 경향이 강하다. 배려가 있고 나눔이 있으며, 포용과 온정이 있다. 그렇다고 결코 페미니즘적 성향이라고 단언할 수는 없다. 그의 동시는 고향 강릉의 산해처럼 모성적이고, 친자연적이다. 동시 속에 천석고황이 들어있고, 섬세한 관찰을 바탕으로 한 직관이 숨어있다. 교육자 출신답게 시를 통해 가르치려는 경향도 얼핏 엿보이지만 결코 드러내지 않고 은근하게 깨우침을 준다. 그 깨우침은 잔잔한 울림을 수반하기에 문학성에서 멀어지지 않는다.

그가 쓴 작품 중에 동요로 작곡된 것도 400여 편에 이르고, 그 공로로 제5회 대한민국 동요대상도 받았다. 그는 교직을 그만둔 후 한국아동문학연구회를 만들어 아동문학 발전에 기여했고, 한국문인협회 부이사장 등을 지내는 등 문단활동에도 관여했다. 한때 교육방송 라디오에 <시와 함께 음악을>이라는 프로그램9)을 진행하며 방송원고 집필도 했다. 그는 음악을 좋아해 8순인 장조(杖朝)에도 틈틈이 익힌 전자 색소폰을 즐겨 연주한다. 이와 같은 건강함은 그가 술과 담배를 멀리하고 자연친화적이고 낙천적으로 살아온 건실한 삶의 결과이다.

---

9) 약 5년 동안 진행했는데 매회 동시인을 소개하며 대표 동시 몇 편씩을 낭독하고 감상하는 프로그램이다.

사강(史江) 박상재(朴尙在):

전북 장수에서 출생. 단국대 대학원 국어국문학과 졸업(문학박사). 1981년 〈아동문예〉 동화 신인상, 1984년 한국일보 신춘문예 동화 당선. 한국아동문학회 회장(역임), 〈아동문학사조〉 발행인 겸 주간. 현재 한국아동문학연합회 이사장, 한국글짓기지도회 회장. 한국아동문학상, 방정환문학상, PEN문학상, 생명과문학 작가상 등 수상.

◎ 엄기원(嚴基元) 연보

1937. 1. 10. 강원도 강릉시 출생.

1963. 동시〈골목길〉이 한국일보 신춘문예(동시 부문) 당선.

1966. 동시집「나뭇잎 하나」(문왕출판사) 펴냄.

1971. 동시집「아기와 염소」(가톨릭출판사) 펴냄.

1974. 동시집「아기 크는 집」(세종문화사) 펴냄.

1975.「아기 크는 집」으로 제7회 한정동아동문학상 받음.

1975. 명지대학교 국어국문학과 졸업.

1976. 동시집「어린이 만세」(시문학사) 펴냄.

1980. 동시집「꽃이 피는 까닭」(서문당) 펴냄.
       동화집「달을 보고 짖는 개」(삼성당) 펴냄.

1981. 동국대 교육대학원에서 국어교육 전공(교육학 석사).

1981~ 2001. 문교부, 교육부 초등(국어, 도덕, 사회) 교과서
       집필위원·편찬심의위원.

1982. 동화집「이상한 청진기」(견지사) 펴냄.

1982~ 1995. 색동회 실행위원, 이사, 총무 역임.

1983. 동화집「수탉」(꿈동산) 펴냄.

1984. 동화집「호랑이의 연설」(한국독서지도회) 펴냄.

1985. 동화집「수탉」으로 제1회 눈솔상(아동문학 부문) 받음.

1986. 동시집「동시집을 펼치면」(우성문화사) 펴냄.

1987.「동시집을 펼치면」으로 제6회 대한민국 PEN문학상 받음.
       동화집「별나라에 다녀온 아이」(성문사) 펴냄.

1988~ 1993. 문화체육부 우수도서 선정 심사위원.

1991. 동시집 「참 잘했지」(아동문예) 펴냄.

　　　소년역사소설 「단종과 엄흥도」(대교출판) 펴냄.

1992. 제5회 대한민국동요대상 받음.

1993. 동화집 「앞장 선 꼴찌」(서원) 펴냄.

1993~ 2013. 한국문인협회 아동문학분과 회장·이사·부이사장 역임.

1994. 동화집「숙제 없는 학교」로 제31회 한국문학상 받음.

　　　서울 정도 600년 '자랑스러운 서울 시민상' 받음.

1995. 모두가 즐거워요-엄기원 노랫말 동요곡집」(음악교육연구회)

　　　펴냄.

1997. 동시선집 「대장과 졸병」(익산) 펴냄.

　　　동화집 「별난 결혼식」(민지사) 펴냄.

1997~ 2004. 한국동요작사작곡가협회 사무총장·회장 역임.

1998. 제8회 방정환문학상 받음.

1999~ 2017. 한국음악저작권협회 평의원·이사·부회장 역임.

1999. 제8회 한국아동문화대상 수상.

2001. 제15회 예총예술문화상(문학 부문) 대상 받음.

　　　동시집 「개구쟁이 편지 쓰는 날」(대한) 펴냄.

　　　그림동화집 「꽃님이 좀 바꿔주세요」(한국파스퇴르) 펴냄.

2002. 동화집「내 친구 명섭이」(꼬마나라) 펴냄.

　　　소년역사소설 「단종과 엄흥도」로 제3회 지구문학상 받음.

　　　한국문인협회 「문단이면사」간행 추진위원장.

2003.「개구쟁이 편지 쓰는 날」로 제4회 김영일아동문학상 받음.

2004.「미술관에 간 동시」로 제14회 박홍근아동문학상,

　　　「내 친구 명섭이」로 제4회 천등아동문학상 받음.

2005. 엄기원 육필시비 세워짐(충남 보령 한국육필시공원).

2006. 동시집 「배꼽 밑에 점 하나」(아동문학세상) 펴냄.

2008. 제11회 한국민족문학상 대상 받음.

2009. 시집「가을에게 띄우는 편지」(아동문학세상) 펴냄.

2010. 대한민국 향토문학상 수상.

2011. 동시집「삼월의 기차 여행」(아동문학세상) 펴냄.

2013. 동시집 「팔랑개비」(아동문학세상)-아르코문학상 창작지원금
받음.

2015. 「엄기원 동시선집」(지만지) 펴냄.

2016. 제1회 계간문예문학상 수상.

동시집「오솔길이 좋아」(계간문예) 펴냄.

2017. 동시집「다짐만 하다가」(도서출판 까미) 펴냄.

국제PEN 한국본부 심의위원장.

2018. 동시집「고맙다 나무야」(시선사) 펴냄.

2019. 11. 22 문화체육관광부장관 설립 허가

사단법인 한국아동청소년문학협회 (이사장) 취임.

2020. 10. 15 트로트가요 '강릉 어머니길' (엄기원 작사, 박토벤 작
곡, 김용임 노래)이 강릉 오죽헌 사모정공원에 노래비 건립.

2020. 12 엄기원 저서 목록집「즐겁게 글쓰며 살아온 인생」(도서출
판 까미)에서 비매품으로 출간.

2021. 10 제3회 송명호아동문학상 수상.

2022. 3 동시집「너희가 부럽다」(도서출판 까미)펴냄.

2022. 10 제4회 도동문학작품상 수상.

1990~ 현재. 계간《아동문학세상》발행인.

<한국 쉴만한 물가 작가회> 작품특집

추석이 오는 소리/ 강순구

이렇게 살자고요/ 서비아

전통악기/ 장병진

길을 걸으며/ 박대산

떠나고 싶다/ 이형숙

꽃비/ 정수영

해질녘/ 곽민영

그대는 나의 가장 소중한 별/ 김소엽

추억1/ 김홍식

나무/ 김영규

우리의 빛/ 김화창

산머루 집의 봄/ 남궁영희

쓰레기 풍선/ 박희우

안경을 닦는 연유/ 오흥국

하얀 목련이 핀다/ 이해락

성웅 이순신/ 장순복

잔/ 전홍구

웃는 얼굴/ 정다겸

2월의 눈과 새싹/ 정현숙

아버지의 선물(膳物)/ 조숙현

추석이 오는 소리

□ 강순구

추석이 오는 소리에
가을이 스멀스멀 내게
걸어서 나오니
마음은 설렘 가득 차고
풍요로움을 주신 하나님께
감사 찬양 올려 드린다

때를 따라 햇볕과 비를 내리사
생명을 주시니 열심히 일하여
풍성한 결실을 이룬 들판엔
황금물결이 가을 추수 재촉하고

빠알간 고추잠자리는
가을 하늘 아래 맴을 돌며
풍년을 노래 부른다

한 상에 둘러앉은
부모 형제 친지들 오순도순
이야기꽃 피워가며

모두가 한가위처럼
넉넉한 삶이 되길
주께 두 손 모아 비는
기도가 아름다워라

주께서 맡기신 사명도
주를 위해 몸과 맘과 뜻과
정성 다해 감당하면
"잘하였도다 충성된 종아
주님 칭찬하시리라
"추석이 오는 소리에
가을도 달려오더라"

강순구 :

실버한물가작가외 발명연 김 회장, 한국문인협회 회원, 한국아동문학회 이사, 시면포커스기자. 자랑스런 한국문인상, 송강 정철상, 대한민국 문화예술 명인대전 시부문 대상, 세계 시낭송대회 우수상, 청소년 지도자 대상, 세계한류문화공 헌대상, 다카시 우수상. 시집 〈시가 외자가 모여다 주다〉 외 2권, 동시집 〈6학년 7반 아이들〉 외 1권.

이렇게 살자고요

□ 嘉恩 서비아

마음 꽃을 활짝 피어
행복하고 웃음 가득하자고요

푸르름 바다
넘실넘실 이루듯이
우리도 넉넉하고
여유로운 호수 만들어요

강렬한 햇살 받아
마음도 몸도 훈훈함으로
가득히 채워가자고요

열기에 반사작용
사랑이 풀풀 나는
향기가 되고

모든 사람들에게
기쁜 일 좋은 일 형통함을
쟁반에 담아
이웃들과 나눠 갖자고요

오늘도 이웃들에게
탁구공 핑퐁 되어
사랑의 홀씨 날려 보내는
6월 달 만들어요.

- - - - - - - - - - - - - -
서비아:

실단인물가 별영언 김 외장, 한국아동문학회 이사, 한국문인협회 문학기념물 조성위원 자랑스런한국문학상, 한국아동문학
회 오늘의작가상, 세계한류문학대상 저서/시집 『영혼의 향기가 별이 되어』 외 다수

전통악기

□ 장병진

장구와 북소리에
흥겹게 춤을 춰요

꽹과리 신명나게
징소리 가슴 찡해

이민족
전통악기로
하나 되어 뭉친다

북소리 구름 놀라
징소리 바람 온다

꽹과리 놀란 번개
장구의 비 내린다

내 심장

거센 숨소리

내님 듣고 오신다.

- - - - - - - - - - - - - -

장병진 :

목사, 시인, 시낭송가. 한내문학 시 부문 신인상 등단. 실면한물가작가회 시조 부문 신인상. 일본 2017년 '후네 시 부문 등단 동연 회원. 실면한물가작가회 부회장. 한내문학상 본상 수상, 자랑스런 한국연상, 호명예각상, 실면한물가작가회 신고대상. 저서 〈어렵게 살고 싶었는데〉(2009), 〈저녁놀에 쓰는 인생편지〉(2017), 시집 〈말을 한다〉(2020), 〈센다어 공명〉(2021), 〈말을 한다〉(열여판), 〈하늘,땅과 별〉(2022), 〈보석 같은 인생〉(2023), 〈시속의 행복을 선물합니다〉(2024).

길을 걸으며

□ 박대산

자꾸 돋는 생각을 분별해 보며
길을 걷고 또 걷는다
문득 낯선 길을 만나면 주춤하지만
새로운 길은 사뭇 신선함을 준다

인간은 누구나 내일을 모른 채
오늘을 희망차게 사는 것
그러다가 숨 막히는 여름날 매미처럼
생의 나뭇가지에 매달려
뜨거운 울음을 쏟아내기도 하고
빛나는 저 태양의 하늘을 날기 위해
조용히 나무 뒤에서 날개를 다듬기도 한다

아파하지 말자
지나간 것은 그날에 내 곁에 와
머물다 간 고마운 바람이었고

오늘 걷는 길은 오늘에 또 주어진

소중한 여정이리니!

지천(知泉) 박 대산(朴大山):
시선집 "한 떨기 풀꽃도 님을 위하여", (자전적 시와 에세이) "인생의 길이 자기에게 있지 아니하니" 외(外) 다수.
실면인물가작가의 시(詩)부문 대상(大賞), ※ 세계문학의 시(詩)부문 대상(大賞). 대한민국기독교서예업의 우수상
초대작가 등.

떠나고 싶다

□ 이형숙

떠나고 싶다
어디든 떠나고 싶다

바람이 되어 볼까
구름이 되어 볼까
새가 되어 날아 볼까

구름 되어 흘러가는
하늘 바다로
바람되어 날아가는
세월처럼

새가 되어 날아보는
산천을 그리워한다.

이형숙:
계간 크리스챤문학 등단/월간 아동문학등단
국제펜 한국본부 회원, 한국문협 회원 실명인물가 작가회 부회장. 크리스챤문학 작가상/월간 아동문학 작가상 본상 실
명인물가작가대상, 국제문화예술 대상. 시집/ 당신은 누구십니까 외 10권.

꽃비

□ 정수영

어금니 물고 엄동을

그리도 잘 참아 꽃피운

하얀모시 적삼의 정갈한 벚꽃아

활짝 꽃잎 다 피우기도 전에

심술궂은 봄비가

해파랑 되어 덮쳐 오는구나

길바닥에 흩어져 있는

네 처연한 모습이

먼 하늘길 떠난

그리운 임의 모습 같구나

내 너를 다시 볼 365일을

어찌 감내 하리요

주여

연약한 나를 긍휼히 여기사

이 봄밤 꿈속에서라도

임의 만남을 허락 하소서

정수영:

충북 옥천 출생, 토산제일감리교회 원로장로. 실면인물가작가회 부회장. 한국아동청소년문학협회 이사. 한국문협 회원,국제문학회원. 실면인물가 작가대상, 세계문학 시창작 대상. 시집 〈나는 행복한 사람〉 외 1권.

해질녘

□ 곽만영

붉은 노을에
숱한 애환이
녹아내린 지평선

철없이 뛰놀던
생명체가 헐떡이며

덧없이
푸른 창공을 향한
뜀박질의 아우성

불혹의 연륜에
거드럼이
옷깃을 여민 모습

해질녘
이제야
세상의 의미를 일깨운다.

곽만영:

경북 영양 출생. 문예사조 수필부문 신인상, 한국장로문인협회 시부문 신인상, 한국문인협회 문학사료 발굴위원, 국제펜 한국본부 회원.

그대는 나의 가장 소중한 별

□ 김소엽

우리네 인생길이 팍팍한 사막 같아도
그 광야 길 위에도 찬란한 별은 뜨나니
그대여, 인생이 고달프다고 말하지 말라

잎새가 가시가 되기까지
온몸을 오그려 수분을 보존하여
생존하고 있는 저 사막의 가시나무처럼
삶이 아무리 구겨지고 인생이 기구할지라도
삶은 위대하고 인생은 경이로운 것이어니
그대여, 삶이 비참하다고도 말하지 말라

내가 외롭고 아프고 슬플 때
그대의 따뜻한 눈빛 한 올이 별이 되고
그대의 다정한 미소 한 자락이 꽃이 되고
그대의 부드러운 말 한마디가 이슬 되어
내 인생길을 적셔주고 가꾸어 준 그대여

이제 마지막 종착역도 얼마 남지 않았거니
서럽고 아프고 스라린 기억일랑
다 저 모래바람에 날려 보내고

아름답고 즐겁고 행복했던 기억만을
찬란한 별로 띄우자

그대가 나의 소중한 별이 되어 준 것처럼
나도 그대의 소중한 별이 되어 주마
이 세상 어딘가에 그대가 살아 있어
나와 함께 이 땅에서 호흡하고 있는
그대의 존재 자체만으로도
나는 고맙고 행복하나니
그대는 나의 가장 소중한 별
그대는 나의 가장 빛나는 별

시작묵상ㅡ

코로나 19가 주는 영향력이 이렇게 무서울 줄은 몰랐다. 눈에 보이지도 않고 소리도 안 들리는 그 작은 것의 위력이 이렇게 인간을 파괴하고 문화까지 파괴 할 줄은 몰랐다. 벌써 이 바이러스가 우리나라에 상륙한지도 일년이 다 돼 간다. 그 동안 세계의 모든 경제는 마비되고 사람들의 생활 패턴은 언택트 시대를 통해서 아주 달라졌다. 방콕하는 시간이 길어지면서 사람들은 우울증에 시달리기도 하고 답답한 마음을 통제 못하는 소수의 사람들은 폭력적이거나 아주 비 정상적으로 억압된 감정을 표출하고도 있다.

보이지 않는 게 무섭고 작은 것이 두렵다. 이 바이러스를 세계 5천만 이상이 걸렸고 이백만이상이 사망에 이르렀다. 사람들은 사람들을 경계하고 또 그러면서도 만남을 그리워한다. 아무렇지도 않게 지났던 일상들을 그리워 한다.　그 일상들이 얼마나 고마웠는지 이제사 깨닫게 된다.

　　이 힘들고 어려운 시기에 우리는 시로써 소통하며 따뜻한 마음을 전하며 서로가 서로에게 위로자가 되고자 한다.　내가 소외되고 외로워졌을 때, 내가 병들었을 때, 내가 아주 억울한 일을 당했을 때 나에게 따뜻한 눈 빛 한 올이 내겐 별이 되었고, 나에게 다정한 미소 한 자락이 꽃이 되었고, 나에게 부드러운 말 한 마디가 이슬되어 꽃비처럼 내려 나를 위로해 준 모든 분들에게 나는 감사한다.　나는 뒤돌아 보며 지금은 내가 걸어 온 길에 엉겅퀴 조차도, 가시나무조차도 나는 감사한다.

　　이 어려운 때에 서로가 서로를 다독이며 작을 사랑을 줌으로써 서로에게 소중한 별이 될 수 있다면 우리는 힘들고 어려운 시기에 오히려 더 소중한 가치를 건져 올릴 수 있으리라.

- - - - - - - - - - - - - -
김소엽:

어디 문리대 영문과 및 연세대 대학원 졸업, 명예문학박사

한국문학상 신연상으로 등단: 한국문학상, 윤동주문학상, 국제펜문학상, 제7회 이와 문학상,

대한민국 신인문학상, 한국기독교문화문학부문 대상 등: 시집 《그대는 별로 뜨고, 사막에서 별을 찾네》 등 15권.

추억1

□ 김홍식

가만히 돌아보니
그리운 울림이다
보고픔 하나다
아른 아른이는
한폭 산수화다

길섶 풀밭
아슴아슴 고갯길
서걱인다
나부낀다
날아 다가온다

잔잔 훈향길에
고추잠자리
떼지어 날고
산새 소리 곱다.

김홍식:
쉴만한물가 작가회 총무. 전)창신대 문예창작과 외래교수. 92년 문예한국
시부문 등단. 쉴만한물가 평론부문 신인문학상. 전)경남 기독문인회 회장.
전)진해문인협회 회장. 저서/ 시집 예정의 미 외 8권.

나무_무

□ 김영규

오늘 나무는 말 없네
어제 그렇게 비바람에 기도하더니

저 나무 주어진 그자리 지키고
그 나무 뽑여서 새자리 나가고

옛나무 새나무 어울러 숲이루네
새는 노래하고 새 잎싹은 솓았네

꽃 피는 나무 노래 찬양 나무
열매맺는 나무 사랑하는 나무

나무는 낮 햇살 받고
밤 별과 이야기 하며 지내지

공허한 때 바람이 와서 깨우고
쭉 처지만 비 내려 생기주네

나무야 나무야 나의 나무야
베어지거나 쓰러져도 일어나라

남은 그루터기 남은 가지로
생명나무 되어 생명되거라.

김영규

부산대학교 공학박사(Ph.D.) 취득. LG,Posco등 300여 업체 지도 전문위원. 수도국제대학원 Mdv./Thm.졸업. 백석대 신
학전문대 석박사통합 신학박사(Ph.D)취득. 개혁총회봉사회 사무총장. 새들나눔교회 담임목사. 실인만물가작가외 시, 수필
신인문학상.

우리의 빛

□ 김화창

어둠을
물리치고
싹을 틔우고
그 작고 작은것이
빛따라 자라나
나무가 되고 열매를 맺듯

우리의 생명과 영혼 까지도
주관 하는 빛을 바라보자
빛으로 오신 예수
그 빛은
사랑이고 하나님이라

내 안에
빛을 품으면
어둠이 사라지고
반짝이

빛나는 열매처럼
빛나는 삶이 되리라.

김화창
상록수문학 동시부문 등단. 세계문학 시부문 등단. 청암문학 작가협회 이
사. 평택아동문학회 회장 역임. 쉴만한물가 작가회 회원. 한국아동문학회
오늘의 작가상 수상. 저서 <소풍가는 날>.

산머루 집의 봄

□ 남궁영희

며칠째 남풍이 실어온 햇살 받아먹고
보슬보슬 빗줄기 젖줄 삼은 사과나무
바람의 간지럼에 하얀 향기 피워내니

산비탈의 어린나무 가지 끝이 벌렁벌렁
마침내 푸른 눈떠 새순으로 반짝이니
연둣빛 향연이 온산에 펼쳐지네

하늘 초원 몽실몽실 양떼구름 흐르고
잣나무 허리춤 청설모 발짓 따라
종달새 높이 올라 노래하고

울타리에 발얹은 산머루 덩쿨마다
추억의 알갱이 생의 마디 송아리 이루니
至難(지난)한 겨울 언덕 넘어온 여인 있어
세월의 뜨락을 거닐며 미소짓네.

남궁영희
호: 단아(緞雅). 크리스천 신문사 문학공모 최우수상 수상(2008년). 기독교 문예 시부문 신인 작가상(2015). 세계 문학
우수 작가상(2022). 선진문학회 순국 문학 대상(2022). 실버만필가 작가회 수필부문 신인 문학상(2022). 고로가 좋다
문학관 공모 선정(2023). 제1 시집 <오늘도 꽃을 피우는 그대에게> 2022.

쓰레기 풍선

□ 서영 박희우

어디서 날아왔나
쓰레기 풍선
한반도 곳곳에 떨어진다

아름다운 마음 담아 보냈더니
그 화답이 쓰레기라네
하나님 아버지 다 보고 계신다

짐승도 은혜를 입으면
은혜를 갚는다는
은혜 갚은 호랑이 은혜 갚은 까치
옛이야기 전해온다

정주고 받는 것이 쓰레기 풍선
꿈인들 꾸었을까
경악(驚愕)을 금치 못할
코미디 같은 일 어디 또 있으랴.

박희우:
경기도 여주 출생/시인, 수필가 크리에이터(유튜브), 한국작가 계간지 (수필등단), MCM TV방송문학 (시, 동시 등단), 한국문인협회, 한국작가협회, 한국문협 경기도지회, 한국작가동연회, 한국문협 성남지부, 에세어 성남동인, 세계문학회, 실명한물가작가회, 경기여종 공로표창, 성남시의회장 공로표창, 경기도의회장상, 경기신연문학상, (수필) 경기도문학우수상(저서-수필), 실명한물가대상(수필), 실명한물가우수상(시), 저서 : 수필집 <일상의 미학>, 시집 <또 다른 생명>외 공저 다수.

안경을 닦는 연유

□ 오흥국

잘 뵈지도 않는 눈에 걸친 안경을
깨끗하게 애써 닦음은
내 눈으로 그대를
잘 보기 위함이 아니랍니다

단지,
내 눈이 그대에게
잘 보이게 하려 함이랍니다.

오흥국:

시인 《문예운동》 시 부문 등단. 청하문학회 중앙회 이사. 한국문인협회 · 서울詩壇. 경남기독문인회 · 영축문학
회 시인촌 동인. 실면안말가제가회 대구지회장. 경남기독문학상 수상. 시집 『나도 당신을 사랑할 수 있을까요』 외
동인지 공저.

하얀 목련이 핀다

□ 이해락

지난 겨울
차디찬 매서운 바람

여린 가지 미운 듯
매일 쉬지 않고
휘몰아 치고 갔지만

시리디 시린
겨울 이기고

까만 줄기 끝
둥근 봉우리 깨치고

고운 자태 가득 머금은
하얀 꽃잎 목련이 핀다.

이해락
경북 의성 서귀. 영남신학대학교. 장신대 대학원. 명지대학교 대학원. 현)대그 풍성한 교회 담임 목사. 실면안물가 작
가회 등단.

성웅 이순신

□ 장순복

검푸른 바닷가 모래 사장 위에
동상처럼 우뚝 선 그림자
왜구처럼 잦아드는 파도를
붉어진 두 눈으로 노려본다
하늘 향해 읊조리는 애가(愛歌)여

이 한 목숨 조선에 가차없이 바치나니
육지로 기어오르는 바다게처럼
 왜구들의 숨통이 충정 앞에 녹아져
다시는 한민족의 백의가 핏물들지 않게
하늘이여 굽어살피소서!

장순복
실면안물가작가회 회원, 한국문연선고회 회원. 실면안물가 작가회 우수상, 서울시 여성백일장 신문 우수상. 제1o회 국민
일보 신앙시 신춘문예 시 떨열상. 금소월 백일장 시 차상,금소월백일장 수필 장려상. 시집 항예.

잔

□ 전홍구

팔은 없고
아가리에 궁둥이만 달린
맹랑한 너

어두운 찬장 속에서
숨소리도 내지 않고 앉아 있다가도
꺼내 주기만 하면 본색을 드러내는 너

목마른 사람에게나 토라진 사람에게 다가가
입맞춤 원하면서 궁둥이 비비고 있다가도
속을 채워 주면 금세 비워 주길 기다리기도 하고
픽 토라져서 며칠 끄떡 않을 때도 있는 너

그러다가도 기회만 오면
좌중을 차례로 돌며
입술 맞대며 누구에게나
사랑받길 좋아하는
궁둥이 달린 요물인 너.

전홍구:
시인, 수필가. 한국문인협회 이사겸 회원, 국제PEN한국본부 정회원, 한국크리스천문학가협의 이사, 서울시인협의 이사. 한국
문학신문 시문학 대상. 12회 전국장애인문학공모전 수상. 제6회 한국문예예술 대상 수상. 제3시집 『나뭇가지 끝에
걸린 하늘』 외. E-book 『속이 빨간 사과』, 『먹구름 속 무지개』, 『그래도 함께 살자고요』.

웃는 얼굴

□ 정다겸

널 보고 있으면
기분이 좋아지네

눈꼬리 내려오고
입 꼬리 올라가네

사랑이 그윽하고
선한 말이 모여들어
눈 감고 있어도
웃는 모습 그려지네

여전히 웃고 있는
그대 따라 나도 웃네.

정다겸:
시인, 시낭송가. 천안 출생. 한국문인협회 회원. 한국문예협회 시낭송회장. 한국예약총연합회 운영위원. 한국웃음심리연구소
소장. 시집 『무지개 웃음』 『웃음 한 조각』 외.

2월의 눈과 새싹

□ 정현숙

초록의 옷을 입고
삐죽이 고개 내밀어
싹으로 나온 날
눈이 내렸다. 하얀 눈이 내렸다

하얀 눈이 수북이 쌓여
허연 이불로
이제 막 세상 빛을 본 너를
덮어 버렸다

눈 이불 밑에 깔려
새싹 끝 파르르 떨리는 울림에
바라보는 나는 왈칵 슬프다

시리디 시린 차가움에
덮여 있는 건 아닌지
너무 추워 얼어버리는 건 아닌지 싶어
눈을 젖혀야 하나
걷어내야 하나
망설이다

나도 모르게 주머니 속에서
흰 눈을 자꾸만 꼬물꼬물
걷어내고 있는 손가락이
툭 튀어나올 것만 같아
손에 힘을 주고

새싹의 한기가
몸으로 전이되어 오는
차가움 느낌에
옷깃을 여미다
깊게 여미다

새싹에게 주고 싶은
마음의 온기를 담아

심비선비 정현숙:

시인, 캘리그라퍼, 서예가 심리상담사, 한국기독교서예협회 초대작가. 사)대한민국아카데미 미술협회 초대작가. 영암서우
회 회장. 한국문인협회 회원. 문맥회 회원(전), 시낭송 스콜. 실만한 물가 작가회 회원. 저서 「온누리에」, 「이
땅 이 곳에서」 등의 찬양 작사.

아버지의 선물(膳物)

□ 조숙현

거나하게 취하신 퇴근길
아버지 선물이 갈지(之)자로 걸어온다
행여 술김에 선물 놓칠세라
꼭 쥔 갈색 빵봉투 뒤틀린 모가지
그 속에 붕어들 잠잠하다

자식이 선물이라는 아버지
항상 미안한 마음 죄스런 마음 움켜쥐다
심장은 콩이 되었고 등어리는 할미꽃 피었다
가족사진 스며든 아버지의 젖은 눈시울

나의 젖은 눈시울속에 아버지
유영 (遺影) 비친다.

조숙현:
전북 김제 출생 아르헨티나 프랑스 리스트 음악원 성악 전공. 제23회 국가기관 재외 동포 문학공모 시부문 문학상. 한
국영농통신대 국어국문과 재학중. 실린한물가 시부문 신인문학상

□ 隨筆文學 □

손순덕/ 크리스마스와 추운 갈대

신철국/ '조선족수리'

이문혁/ 정들었다고 정말 말라

오설추/ 가야금을 울었습니다

박정흡/ 생각 바꾸기

크리스마스와 추운 갈대

□ 손순덕

오후 들어 하얀 눈송이가 하나 둘 흩날리기 시작 하더니 어느새 펑펑 함박눈으로 변하며 종로 거리를 온통 하얗게 뒤덮어 버린다. 건물이며 지나다니는 차들이며 행인들 까지도 하얀 눈덩어리로 변해버렸다. 방송에서 까지 크리스마스에 눈이 내릴까를 점치면서 잔뜩 분위기를 띄우더니 드디어 이렇게 완벽한 화이트크리스마스를 연출한다.

기분이 잔뜩 들뜬 사람들은 이 황홀경을 만끽하며 취한 듯 거리를 휩쓸고 다닌다.

눈이 막 쌓이는가 싶더니 한편 녹아 버린다. 그것이 다시 저녁 찬 공기를 만나 얼음으로 얼어붙으며 도로와 골목길을 빙판으로 만들어 버린다. 미처 얼지 못한 눈길은 절퍽절퍽 뜀질하며 개구쟁이 아이들처럼 장난질하기가 그만이다. 오랜만에 이런 눈세상을 흠뻑 느

160

끼느라니 어렸을 때 썰매도 타고 눈싸움도 하며 놀던 생각이 떠오르면서 고향생각이 간절하다.

나의 고향은 겨울이 아주 길고 춥고 눈도 엄청 많이 내리는 호봉령 끝자락에 자리 잡은 야부리벌의 작은 동네ㅡ신흥촌이다. 백여 호가 오구구 모여 사는 작은 동네이지만 주민들 간에 우애가 깊고 서로서로 돕는 것을 중요시 하는 아주 우량한 전통을 내리물림 하는 모범촌이다. 벼농사를 위주로 하지만 마을 뒷쪽으로부터 마이하의 지류인 뒷강(다들 그렇게 불렀다)까지 넓디넓은 갈대밭이 펼쳐져 있어 거기서 나오는 수입이 그 당시 부업거리가 거의 없는 농촌 치고는 꽤 큰 재부를 가져다주었다.

가을이 되어 갈대가 여물기 시작하면 어른들은 번갈아 가며 보초를 서면서 다른 동네 사람들이 베어가지 못하게 갈밭을 지킨다. 그렇게 해서 일년 농사 탈곡까지 마무리 해놓고는 하루 날 잡아서 다 같이 갈대를 베어 나눈다. 갈대를 베는 날에 어른들은 어두컴컴한 새벽부터 손전등을 켜고 작업을 시작한다. 나는 날이 훤히 밝은 다음에야 할머니가 싸준 참 보따리를 들고 갈밭으로 향한다. 벌써 초입의 갈대는 다 베어 날가리로 무져 있고 조금 안쪽으로 들어가면 사람들이 띄엄띄엄 떨어져서 둥글게 진을 치며 작업을 하고 있는데 마치 아이들이 땅따먹기 놀음을 할 때 '내 땅'이라고 금을 긋고 있는 것 같다. 나는 엄마가 어디에 '진'을 치고 있지 몰라서 마주치는 아저씨들마다에게 물어본다.

"우리 엄마 어디쯤에 있어요?"

발자국이 찍힌 채로 얼어버려 울퉁불퉁한 땅은 밟을 때 마다 뽀드득 뽀드득 경쾌한 소리가 난다. 그러나 거기는 갈대가 자라는 늪지대라 어떤 곳에는 '함정'이 도사리고 있는 것이다. 그것을 알리없는 나는 마구 덤벙대다가 그만 허벅지까지 푹 빠져 온몸이 진흙투성이가 되어버리기도 한다. 하마터면 고기 넣고 끓인 토란국을 다

쏠을 번 하기도 했지만 구렁텅이에 **빠**지면서도 보온병만은 목숨처럼 보호해 엄마와 같이 맛있게 밥을 먹고 일을 거들수가 있었다.

마을 사람들은 누가 분할 해주는 사람도 없이 각자 알아서 나누어 작업을 하지만 어디에도 싸움하는 소리는 들리지 않는다. 가끔가다 아이들이 아**빠** 찾는 소리, 엄마가 아**빠** 찾는 여보소리, 그리고 "좀 쉬었다 합시다!"하고 맞은편 아저씨에게 건늬는 다정한 목소리 뿐… 그러고 보면 어른들이 욕심은 많아도 막무가내는 아닌가 보다. 아이들은 송곳으로 땅따먹기를 놀 때도 금을 잘못 그었다고 아웅다웅 하기가 일수였으니 말이다. 허리 까지 푹푹 **빠**지면서 베어 놓은 갈대를 등짐으로 지어 날라서 다시 집에까지 실어 오느라면 마을의 굴뚝들에선 저녁 밥짓는 연기가 모락모락 피어오른다.

그 갈대로 갈대발을 엮는데 벽돌공장에서 투피를 건조시킬 때 쓰여 진다고 한다. 갈대를 가쯘히 추려서 발로 역어 내느라면 한겨울이 다 지나는데 아이들의 겨울방학은 거의 이 일에 **빼**앗기고 만다.

"이거 팔아서 너 운동화도 사주고 새 책가방도 사줄게!"

새 운동화, 새 책가방에 끌려서 그 힘들고 지겨운 일도 잘 참으며 견뎌 낸다. 어깨와 허리가 아파서 잘 펼 수도 없고 손이 터져 피가 나도 대수롭지가 않다.

갈대발 엮는 일은 힘도 들지만 아주 따분한 일이기도 하다. 일을 하다가 지루할 때면 갈대로 풍선을 만들어 놀기도 하고 글자 찾기 놀이도 한다. 내가 어렸을 때 우리 집은 벽과 천장을 신문으로 도배를 했었는데 그 도배지에서 크게 보이는 글자를 찾는 놀이다. 예를 들면 '우공이 산을 옮겼다' 라든가 '농업은 대체를 따라 배우자'같은 것들… 이런 놀이를 할 때에는 엄마도 같이 놀아줘서 아주 즐겁다.

그때는 정전(停电)이 왜 그리 잦았는지… 전기가 없는 날에는 등잔이나 초불을 켜놓고 일을 해야 하는데 그러면 그림자놀이가 한

가지 더 생긴다. 두 손을 맞잡고 네 손가락으로 개 주둥이를 만들고 두 엄지로 귀를 만들어 '왕！왕!' 짖는 시늉을 하면서 귀를 쭝긋거리면 진짜 그럴 듯한 개 짖는 그림자가 완성된다. 나는 개 짖는 그림자 한 가지만 할 줄 알지만 엄마는 여러 가지를 만들줄 안다. 토끼나 백조 같은 것은 물론이고 심지어 할머니와 할아버지가 나란히 밭김을 매는 극도 꾸며 주는데 어찌나 그럴 듯한 지 탄복하지 않을 수가 없다.

갈대발을 내다 팔 때는 겨울방학이 거의 끝날 때쯤이다. 집집마다 다 엮은 발을 마을 한복판에 있는 공동마당으로 집결시킨다. 그것을 다섯 장씩 지그재그 쌓다 보면 어느새 높은 탑이 쌓아지는데 그것들이 공동마당을 꽉 메우면서 마치 소림사의 '탑림'을 연상케 한다. 엄마들이 돈을 받고 실어갈 때 까지는 며칠이 걸리는데 그때 그곳은 아이들의 좋은 놀이터가 되어 버린다.

"뻐꾹새야, 울어라!"

"뻐꾹!"

"뻐꾹!"

그 겨울 고향에는 웬 '뻐꾹새'가 그리도 많이 우는지...

지금도 '뻐꾹새'가 있을까?...

극장가 옆으로 포장마차들이 죽 늘어서있다. 쥐포며 밤 따위를 구워서 팔거나 떡볶이나 핫도그를 파는 가게도 있다. 화이트 크리스마스를 즐기려고 사람들은 웃고 떠들며 주전부리를 사먹기도 하고 악세서리를 고르기도 하고 사랑하는 사람에게 선물할 꽃을 사기도 한다. 어디서 폭죽소리가 요란하다. 극장에서 불꽃축제를 하나보다.

우와!

우와!

나들이객들의 즐거운 함성소리와 함께 폭죽이 팡팡 터지면서 밤하늘을 찬란하게 장식한다. 이 행복의 물결속에서 뜬금없이 어렸을 때의 고향마을이 떠오르는 것은 왜서일까? 고향, 고향의 갈대밭, 갈대발로 쌓은 탑들, 그리고 돈뭉치를 앞치마로 싸안은 엄마… 책가방, 운동화, 잠들줄 모르는 '뻐꾹새'… 이런 것이 그리움일까?! 지금의 종로극장가의 풍경과 어려서 내가 살던 그 자그마한 마을은 닮은 데가 조금도 없는데 지금 어린 시절을 죽 보내온 그 고향마을이 떠오르면서 가슴이 못 견디게 저려 오는 까닭은 알길이 없다. 친구를 만나서 소주라도 한잔 하면 이 마음을 달랠 수 있을 런지…

폭죽소리가 요란하게 밤하늘을 가르며 유인(游人)들의 즐거움을 더해주지만 내 마음은 시리기만 하다.

손순덕:
묘영문학회 회원. 문학작품집 〈크리스마스와 추운 갈대〉 출간. 〈동심컵〉아동문학상, 세계동화문학상 등 여내외 문학상 수상 다수.

'조선족수리'

□ 신철국

체육에는 거의 문외한인 아비를 닮았다고 '자부'했던 아들애가 축구에 빠져들 줄은 그야말로 뜻밖이었다. 가뜩이나 학습부담으로 운동이 부족한 고등학교단계에 좋은 휴식의 방편을 얻었답시고 초기엔 쾌재를 불렀으나 시나브로 녀석이 축구에 아주 주화입마(走火入魔)의 증세를 보이는 데는 저으기 근심과 걱정에 두근거리지 않을 수가 없었다.

최대 관심사인 연변축구팀의 관련 뉴스를 일일이 체크하는 건 둘째 치고 국내를 넘어 국외 축구상황에까지 무한정 촉수를 뻗쳐나가는 데는 생각 밖이었고 거기에 동아리를 무어 각종 장비로 무장하고 정기적인 활동을 펼쳐나가는 데는 아차! 해도 이미 쏟아진 물이였다. 오히려 궐자가 싸구려 축구화 때문에 망신만 당했다며 감각

무딘 부성애를 호소하는 데는 당장 인터넷 쇼핑몰에 들어가 고급축구화 한 켤레를 사주는 도박사적인 용기까지 과감히 동원해야 했다. 세상에 자식을 이기는 부모가 없다고 하더니…

헌데 그놈의 축구화가 고작 열흘도 가지 않아 코등이 따질 줄이야! 단통 짝퉁으로 의심을 했으나 이제 와서 물릴 수도 없는 노릇이요, 그렇다고 해서 던질 수도 없는 '발그릇'이라 하는 수없이 눈을 흘기는 아들놈 대신 신기료장수를 찾아가는 수밖에 없었다.

아내가 알려주는 서시장 동쪽골목에 들어서니 이런저런 생활용품들을 닥치고 수선하는 난전과 가게들이 즐비했는데 그중에는 내가 찾는 신기료장수들도 여럿이 포진해 있었다. 이리저리 두리번거리다가 마분지 쪼박에 '조선족수리'라고 쓴 신기료 난전이 보이 길래 '같은 값이면 다홍치마'라고 그리로 다가갔다.

"어서 오십쇼!"

뒷굽이 가느다란 여사용 뾰족구두에 열째게 기름칠을 올리고 있던 40대 초반의 상고머리 아저씨가 반갑게 맞아주었다. 간질간질 웃는 얼굴에 먹이 쫓는 수탉처럼 제창 고개를 갑삭대는 품이 마치 당신 할아버지의 신이라도 내민 양 금세 공짜로 수선해줄 그런 표정이었다.

"축구화잼까? 어찌 됐음까? 자, 이리 주쇼. 내 좀 보기쇼. 아, 여기 코등이… "

손을 보던 여사용 뾰족구두를 한쪽에 밀어두고 내가 내민 축구화부터 이리저리 살펴보던 상고머리가 곧 기계를 덜컥거리며 구두수선에 달라붙었다.

보매 시시부레한 공사라 굳이 허리까지 구부정해가지고 열심히 지켜볼 수도 없는 노릇이기에 일단 난전 앞에 놓인 손님용 쪽걸상에 엉덩이를 붙이고 앉았다. 헌데 엉덩이를 붙이고 앉으니 뭔가 버릇처럼 갑자기 떠오르는 것이 있었다. 요즘세월 무슨 초면인사 같은 그놈의 한마디가 말이다. 그래서 심심파적으로 지나가는 물음처럼 툭! 하고 던져보기에 이르렀다.

"아저씬… 한국에 안 가요?"

"한국?"

상고머리가 힐긋 나를 스쳐보더니 엉뚱하게 반문하는 것이었다.

"저기, 남조선 그램까?"

"남조선?!"

어랍쇼! 불각시에 한방 먹은 기분이었다. 하긴 중한수교 전에는 다들 그렇게 부르지 않았던가. 결코 틀린 말도 아니었기에 옳다는 양으로 고개를 끄덕였더니 이번에는 콧방귀를 살짝 곁들인 이른바 '썩소'를 피식거리는 것이었다.

"누기나 거기 간다구 해서 다 덕대돈을 버는 건 아니잼둥? 여기서두 잘만 일하믄 먹구사는 건 근심없슴꾸마. 거기 가믄 돈을 잘 번다고 해두 일하기 싫어하는 사람은 어디 가나 한가집지. 목에 떡함지를 처매두 게으른 놈은 굶어죽는 다는 말이 있잼둥."

그러면서 상고머리는 낮은 목소리로 재빨리 소곤거리는 것이었다.

"내 낮에는 여기서 신수리를 하고 저녁에는 뭐하는지 암둥?"

"?"

때 아닌 날카로운 반응에 뻘쭘해가지고 상고머리의 면전에 물음표를 날리는데 궐자가 기다렸다는 듯 씨익 뒤를 다는 것이었다.

"사우나에 가서 뭐시간씩 때밀이를 합꾸마."

"때밀이?"

"내 하루에 얼매 버는지 암둥?"

"얼마?"

상고머리가 당장 입귀를 삐죽이더니 "지난해 대학동네에다 120평 방미터짜리 새 아파트도 마련했으며 차도 새로 한 대 뽑았다"며 시뚝해서 내 등 뒤를 가리키는 것이었다. 고개를 돌려 상고머리의 손

끝을 따라가 보니 멀지 않은 주차장 끝머리에 멋진 승용차 한 대가 삐까번쩍 서있었다.

"남조선이 무슨, 여기서두 잘만 하믄 부러울 게 없습꾸마. 아임둥?"

빈정거림 같은 상고머리의 올곧은 말에 할 말을 잃고 그저 고개를 주억거리는 수밖에. 자기 딴에는 신수리로 생계를 유지하는 인생이 보기가 참 안돼서 걱정하듯 권고하듯 꺼내본 화두였는데 오히려 빗나도 한참 빗나간 것이었다. 말한 본전은 커녕 새로 할 말도 잃고 머쓱해서 앉아있는데 상고머리가 수선을 끝낸 축구화를 쓱 내밀었다. 얼른 자리를 뜰 생각에 급급히 안주머니에 손을 넣으며 수선요금이 얼마냐고 물었다.

"25원임다."

"뭐?"

어마지두 터지는 내 물음에 상고머리가 그런 반응이 나올 줄을 미리 알았다는 듯 부연하는 것이었다.

"축구화는 원래 비싼 신이길래 오래 전부터 이 가격임다."

호주머니를 뒤져보니 수선요금을 지불하기에는 현금이 부족했다. 할 수없이 스마트폰을 꺼내들었다. 상고머리가 인차 자기의 스마트폰을 내밀었다. 위챗 금액지급프로그램을 이용해 수선요금을 지불하자 상대방의 이름이 금시 내 스마트폰에 현시됐다.

"후건신'候建信'! 뭐?"

순간 나는 멍해졌다. 이건 한족이름이 아닌가?

"당신… 조, 조선족이 맞소?"

내가 스마트폰에 현시된 이름과 상고머리를 번갈아 보며 의아한 눈길을 던지자 상고머리가 곧 능갈맞게 "히히" 웃더니 "맞심다! 맞심다!"하는 것이 아닌가. 마치 몽둥이에 뒤통수를 한매 얻어맞은 기분이었다.

'짝퉁 축구화, 짝퉁 조선족, 짝퉁… '

그때였다. 저쪽으로 빽 돌아앉아 여사용 뾰족구두에 열째게 기름칠을 올리고 있던 상고머리가 무슨 변명처럼 중얼거렸다.

"자기 게라구 해두, 아무리 좋은 게라구 해두 던지거나 쓸 줄 모르문 죽은 게 아임둥. 남이 게라두 잘 배워서 제대로 쓰문 좋은 게지무. 개혁개방이 사실은 이런 게 아임둥?… "

찰찰 기름기 도는 우리말솜씨보다 어딘가 서투른 바늘솜씨로 징검징검 수선 받은 짝퉁 축구화를 내려다보며 나는 멍하니 그 자리에 그루 박히고 말았다. 불쑥 오래전부터 사투리를 쓰지 않았다는 생각이 떠올랐다. 순간 볼멘소리 한마당이 혀끝에서 미끌거렸다.

"글쎄 '한국'이나 '남조선'이나 다를 게는 없지만, 그렇다구 해서리 '조선족수리'는 말로만 하는 게 아이재이유? 그러챈소? 제, 와늘제 맘대리구만."

신철국:

평산 신씨, 안성2공파 제36세 손. 묵영문학회 회원. 중국 로신문학원 고급연수반 졸업. 명동문화예술원 부원장. '챔피언 1965', '오그르토의 변면' 등 단행본 출간 다수. 중국쑤수멱족신문상, 세계동화문학상 등 해내외문학상 수상 다수.

정들었다고 정말 말라

□ 이문혁

　지구상의 동물들도 그들만의 언어가 있어 상호 언어로 소통한다고 전해지고 있다. 물론 우리 인간들은 알아듣지 못 하지만 인간도 마찬가지이다. 언어로 소통하고 감정교류도 한다. 인간은 짧디 짧은 인생을 살아감에 있어서 연설이나 강의 또는 수다 그리고 수화 등 다양한 방식으로 소통한다. 평생 소통하지 하지 않고 살 수는 없다.

　말은 툭하기 다르고 탁하기 다른 것처럼 인간의 언어는 세치 혀가 구강 내에서 본인들만의 특설무대에서의 율동으로 춤을 춘다. 혀가 추는 독무의 타입에 따라 관중, 청중 또는 대방의 박수갈채를 받을 수 있고 손가락질을 받을 수도 있다. IQ와 EQ가 겸비하여 대뇌의 언어 컨트롤 시스템이 정상적으로 가동하면 환호소리와 함께 박수를 받게 되지만 그와 반대로 정상적인 가동을 하지 않아 대뇌의 필터를 거치지 않아 언어문란이 오면 오히려 손가락질에 더불어 더 큰 화를 불러 올 수도 있다.

사람마다 취향이 다르고 성격이 다르기에 그에 따라 표현방법도 각양각색이다. 같은 말일지라도 사람의 성향에 따라 처한 환경에 따라 다르게 표현할 수 있다. 그리고 때로는 마음에 없는 말을 하기도 한다. 흔히들 삼삼오오 모임장소에서 누군가를 평가하고 비방, 비판 또는 비난하기가 일수이다. 더구나 그 자리에 없는 제3자를 쉽게 흉보는 것이 두 발로 걷는 고급 동물인 인간의 심리이고 일상이다. "발 없는 말이 천리 간다"고 친구들 모인자리에서 무심코 뱉은 말을 그 중 누군가가 자신의 두뇌 필터를 거치지 않고 다른 장소에서 그대로 흘리게 되면 그동안 끌고 온 관계는 무너뜨려지고 타인의 삶을 파탄 낼 수도 있으며 사람을 극단의 벼량 끝으로 내몰 수도 있다. 인간은 엿들은 말을 100% 그대로 옮길 수는 없다고 본다. 진실만을 옮겨도 그나마 좋을 것을 옛말에 "말은 보태고 떡은 뗀다"고 사람들은 말을 옮길 때마다 검증되지 않은 말에 자신의 판단에 의해 살을 붙이고 피를 섞어 나름대로 "화려"하게 장식하여 무작정 퍼뜨려 남의 행복한 삶과 가정을 파탄지경에 내몰기도 한다.

얼마 전에 있었던 일이다. 타향에서의 년초 고중동창 신년회모임 회식장소에서 발생한 일이다. 반백을 넘긴 남녀 고중동창 50여명이 모인장소에 술이 빠질 수 없었다. 술이 서너 순배 서로 건네고 걸치면서 상호간에 새해 축복을 주고받고 나서 "요즘 회사경영이 어떻소? 경기회복은 언제쯤 될까? 건강관리를 어떻게 하는지?…"등 주변이야기를 담소하던 중 청도에서 탄탄한 회사경영을 운영하고 있는 A군이 말문을 열었다. 지난해 연말 업무차 친구들과 함께 외국에 다녀 온 이야기를 자랑 삼아 널어놓았다. 새해 오더계약을 얼마큼 하였고 고급 레스토랑에서 산해진미로 바이어를 어떻게 접대하였으며 그 동네에 있는 특급 H호텔 스위트룸에서 어떤 최상의 서비스를 받으며 숙박하였다고 자랑 삼아 너스레를 떨었다. 그러자 같은 테블에 있던 B군이 "그 동네 H호텔? 그 동네면 연예인들이 주변에 많이 살고 있다던데… 요즘 잘나가는 여성 텔런트 P양이 살고 있는 아파트단지가 호텔 바로 앞이어서 P양이 자는 것도 호텔에서 내려다 보았겠네"라며 농담 삼아 치켜 주자 A군도 "당근이지.ㅎㅎ"라며 별생각 없이 너털웃음 지으며 농담으로 받아들이고 건배를 제의하였다…

그 날 말한 사람이 무의식으로 지껄인 말을 옆 테이블에서 이 소리를 엿들었던 C군이 며칠후 10여명이 모인 타모임 친구들과의 회식자리에서 "돈이 정말 만능이야. 내 동창생 A군은 얼마 전 외국에 가서 특급 호텔 스위트룸에서 요즘 한국에서 최고 인기 있는 여성 텔런트 P양과 하룻밤을 함께 보냈대. 업무 차 서울에 자주 간다 더라구"라며 전날 왁자지껄한 회식장소에서 주어들은 것을 친구들 앞에서 무심코 제 자랑처럼 말을 흘렸다. 이 말을 한자리에 함께 동행 하였던 친구 D군이 집에 가서 와이프에게 "돈 많은 당신 친구 남편 A군이 외국 여성 텔런트 P양과 애인사이래. 얼마 전에도 외국 가서 고급호텔에서 하룻밤을 함께 보냈다고 하더라. 출장 가서 둘이서 자주 만난데."라며 지껄였다. 며칠 후 D군 와이프가 친구인 A군 아이프에게 그대로 일러바쳤다… 결국 A군은 포획물을 만난 뱀의 혀처럼 날름날름 하는 친구들의 세치 혀에 의해 오랫동안 곤경을 치렀고 얼마 후 와이프한테 위자료로 절반 재산을 떼여주고 이혼 당하고 말았다.

남의 "사생활"이나 남의 말을 함부로 하지 말고 더우기 부풀려서 옮기지도 말아야 한다. 말이란 잘 못 뱉으면 그 사람에게 독으로 다가 간다.남의 말을 옮기기 전에 내 자신에게 먼저 물어보고 타당 한 지?확실 한지?표면적인 것인지? 진실인지?… 파악되지 않은 사실을 마치 전부 파악한 것처럼 이 사람 저 사람 한테, 이 장소 저장소에 가서 소문을 퍼뜨리고 말을 옮긴다면 매우 치졸하고 비양심적인 행동이고 인간답지 못한 행동이다. 들은 말이 정말이 맞는지 아닌지 여부를 확실히 파악하지 않았으면 절대 자기 입에 무임승차시켜 이리저리 옮기자 말아야 한다.

이와 유사한 "정말"에 대한 동화 같은 이야기도 한번 음미해 볼 만하다.

어느 봄날 밭갈이를 마친 소는 외양간으로 돌아오자 풀쑥 주저앉자 그대로 누워버렸다. 지친 몸을 가누지 못하고 푸~푸~하며 가쁜 숨을 몰아쉬고 있었다. 이 광경을 지켜 본 집지키 개가 달려오자 "아이구, 오랜 친구야, 난 정말 너무 힘들다"며 음메~음메~ 하며 괴로움을 하소연하였다. 개는 소와 작별인사 후 담벽 구석에서 고양이를 만나 "친구야, 방금 전에 소형님한테 들렸었는데 큰형님이 많이 힘든가 봐. 하루쯤 쉬였으면 하더라. 그도 그럴 것이 주인님이 형님께 너무 과중한 일을 시켜서"라며 멍~멍~ 말하고 자리를 떠자 고양이는 돌아서 양에게 "소형님이 주인께서 과중한 일을 너무 많이 시켜서 하루 쉴 생각이래. 내일 일 나가지 않겠대."라고 야옹~ 야옹~ 말하자 양은 닭에게 "소형님이 주인을 위해 일할 생각이 없대. 하는 일이 너무 힘들도 과중하다고 하소연 하더라. 다른 집 주인들은 제집 소에게 더 잘해주지 않은지?"라며 양~양~하며 말하자 닭은 돼지를 만나 "소형님이 주인을 위해 일하지 않기로 작심한 것 같아. 다른 집주인을 모색하고 있다고 하더라. 하긴 주인께서는 소를 조금이라도 아까와 하지 않아. 그렇게 힘들고 더러운 일을 시키고도 모자라서 채찍으로 난폭하게 때리셔"라고 꼬~꼬~ 하며 말하였다. 저녁 식사시간이 되자 주인집 아낙네가 돼지에게 먹이를 주러 가자 돼지는 헐레벌떡 달려와서 "안주인님, 아뢸 말씀 있습니다. 소의 마인드가 요즘 말이 아닙니다. 매우 심각합니다. 잘 교육시켜셔야 될 것 같습니다. 더 이상 주인님을 위해 일을 하지 않겠다고 합니다. 그는 주인님이 그에게 너무 과중하고 더럽고 힘든 일을 시키신다고 하면서 주인님을 떠나 다른 주인을 찾겠다고 합니다"라고 꿀~꿀~ 거리며 일러바쳤다. 돼지의 보고를 받은 안주인은 저녁식사 하면서 주인에게 "소가 당신을 배신하고 다른 주인을 찾겠다고 하오. 배신은 용서할 수 없는 짓이잖소? 어떻게 처리 할 생각이세요?"라고 앵~앵~거리며 말하자 주인은 노발대발하며 "배신자는 용서할 수 없어! 당장 죽여버려야 해!"라고 호통을 치며 달려나가서 소를 무참히 죽여버렸다.

"말 많은 집은 장 맛도 쓰다고" 소는 주인집을 잘 못 만났다. 소가 정말 가련하고 그의 처지가 너무 서글프다. 그렇게 부지런하고 성실하게 주인을 위해 갖은 궂은 일, 힘든 일을 다 하였던 소는 그 주변의 "친구", "동생"들이 퍼뜨린 소문에 의해 생을 마감하게 되었다. 주변의 소위 친구라 자칭하지만 군자가 아니고 도량이 작고 마음씨가 옹색한 소인들과는 멀리 해야 한다. 눈으로 직접 보고 듣는다고 모든 개 진실이 아닐 수 있다. 매사를 처리함에 있어서 이성적인 사유로 그 내막을 파악 후 판단하고 처리해야 한다.

친하고 가깝다는 이유로 당사자나 타인에게 말을 옮기는 것은 정말 바보 같은 짓이다. 물론 그 소문이나 비난이 다른 사람이 한 말이라고 하지만 바보같이 말을 옮기는 당신이 옮긴 말이 진실만은 아닐 수 있기 마련이다. 세상일을 다 알 필요도 없고 때로는 모르고 지나치는 것이 약이 되고 도움이 될 수도 있다. 입이 무거운 것도 인생의 덕목 중 하나이다.

일상생활 속에서 우리가 소일수도 주인일수도 혹자 주인집의 나머지 다른 가축의 역할일 수 있다. "말이 많으면 쓸 말이 적듯이" 말을 조심하고 정들었다고 정말하지 말고 누구에게나 불평불만을 마음대로 토로하지 말아야 한다. 소와 같은 결과를 초래할지도 모르니까…

속담에 말이 많은 것은 과부집 종년이라 했다.

리문혁:
중국 청도작가협회 회장. 해외문학대상, 송화강문학상 등 수상 다수.

가야금을 울었습니다

□ 오설추

어느 날, 언니가 가야금을 집에 가져왔다.

가야금을 보는 순간 어쩐지 가슴이 뭉클해 왔다, 저도 모르게 달려가 와락 안았다. 국악교실에 가야금을 그냥 두면 홍위병들에게 박산이 될 가 두려워 어느 영명한 음악선생님이 학생들더러 집에 가져다 보관하라고 시켰던 모양이다.

밤중에 홍위병들이 집에 들이닥쳤다. 가야금을 당장 내놓으란다. 소스라치게 놀라 가야금을 덥석 잡으니 꿈이었다. 시름이 놓이지 않은 나는 아예 이불안에서 가야금을 안고 잤다.

꿈에서처럼 동네 홍위병들이 진짜 찾아왔다. 가야금을 당장 내놓으란다. 아기들의 첫돌에 입는 색동저고리도 봉건적, 수정주의 산물이라고 장대기에 꿰서 쳐들고 시위하는 판에 이 집에서 둥둥 가야금이 다 뭐냐는 것이었다. 거기에 더 뭐라 대꾸할 수 없는 나는 가

175

야금을 안고 대구 울며 찍자를 부릴 수밖에 없었다. 세상 내노라 우쭐대던 홍위병도 이 어린 봉건적 찍자를 감당 못하겠는지 혀를 끌끌 차며 물러난다.

이런 찍자 성격으로 언니한테서도 결사적으로 가야금을 배우기 시작했다. 밤이고 낮이고 가야금만 뜯어서 손가락 끝에 피가 배여 나왔다. 어머니가 가슴이 아파 말리는 것도 이를 악물고 아픔을 참으며 연습을 멈추지 않았다.

낮에는 "경애하는 모 주석 만수무강 하소서" 하는 혁명가곡만 뜯고 밤중에는 "아리랑", "도라지", "노들강변"을 소리 내지 않고 가만가만 집법으로만 연습하였다.

가야금한다는 소문을 듣고 오빠친구가 화룡에서 찾아왔다. "대해 항행은 키잡이 힘" 하는 가곡을 뜯었더니 "그것도 가야금소리야" 하며 몹시 실망해 한다. 오직 우리 가야금소리 듣자고 먼 길에 기차타고 온 분에게 미안하여 "밤에 다시 들어보쇼" 라고 했다.

밤 12시가 되자 나는 문에 커튼을 치고 문틈을 걸레로 꽁꽁 막았다.

"오빠, 이제 진짜 가야금소리 한번 들어보쇼"

하고 소리를 낼망정 옆집에서 듣지 못할 만큼 아리랑을 소리 낮춰 뜯기 시작했다.

-아리랑, 아리랑 아라리요 아리랑 고개를 넘어 간다-

출근하면서도 한사코 하얀 저고리에 깜장치마를 고집하던 어머니, 지금은 문화혁명에 맞춰 견장 없는 군복을 입어야 하오.

―나를 버리고 가시는 임은 십리도 못가서 발병이 난다―

애고고 아버지, 잘 돌아 가셨소, 아니면 연변대학의 임 민호 서기처럼 학술권위라고 귀뿌리를 뽑히지 않겠소.

저도 모르게 이런 넋두리를 하며 뜯다 보니 눈물이 나왔다. 화룡 오빠의 눈가도 축축하게 젖어있었다.

아리랑을 뜯고 나서 일어서려는데 문득 바깥에서 간간한 박수소리가 들려왔다. 아니, 이 한밤중에 웬 박수소리인가, 깜짝 놀라 커튼을 젖히고 보니 문밖에 일여덟 사람들이 주룽주룽 서있었다. 그네들은 약속이나 한 듯 일제히 엄지를 내밀고 있었다. 그 엄지를 마주하니 저절로 코가 시큼해 나며 눈물이 흘러나왔다. 바깥에서도 몇 사람이 덩달아 흐느끼는 것 같았다.

아무리 소리 낮춰 뜯는다 해도 억압된 가야금소리가 길가마저 울게 하였음을, 그 소리에 어쩔 수 없이 발이 묶인 사람들이 창문을 마주하고 가야금을 울었고 아리랑을 울었고 길을 울었고 하늘을 울게 하였음을…

그러나 흥분이 가라앉고 제 정신이 돌아오자 속이 꿈틀해 났다. 앉으나 서나 아리랑만 불러 아리랑아줌마로 통하는 아줌마는 동네 사람한데 신고 되여 비판받았다. 북한 노래를 흥얼거리며 과일 팔던 아줌마는 지나가는 사람이 신고하여 조선수정주의라는 검은 명단에 올랐다. 네 댓살 되는 친구의 여동생은 모주석의 품이 좋니, 엄마 품이 좋니 하는 물음에 엄마 품이 좋다 했다가 유치원 애들께 신고 되여 유치원에서 비판받는 해프닝도 있었다. 심지어 초등학교에 다니는 아들놈의 고발로 엄마가 반혁명 모자를 쓰고 투쟁 받다가 억울하게 맞아죽은 일도 있다.

그런데 공공연히 봉건주의 산물이라는 가야금소리로 밤중에 사람들의 발을 묶어 눈물까지 흘리게 했으니, 이런 봉건적 수정주의 행동이 어디 있겠는가, 뛸 데 없는 죄명으로 투쟁 받을 수 있다. 투쟁 받을 생각을 하니 가을바람의 여치처럼 덜덜 떨렸다. 동네 바람난 과부를 잡귀신이라고 투쟁할 때 누군가 담배꽁초로 그 여자 발등을 지져놓아 새된 비명을 지르던 생각이 난다. 뒤 덜미에 칠성판을 멘 듯 하루하루가 조마조마하고 하루하루가 극난이었다.

그런데 웬일로 아무 일도 일어나지 않았다. 아무도 우리 집을 고발하지 않았다. 이건 참말로 그 때 시기에 있어서 전혀 있을 수 없는 최고 기적이었다.

하여 나는 이런 생각을 더듬게 되었다. 우리 가야금에는 분명 민족혼이 깃들어 있다. 민요도 전설도 전통도 풍속도 침묵할 때 민족의 혼만이 침묵을 지킬 수 없었을 것이다; 바로 그 혼으로 울려나오는 아리랑 선율이 촉촉한 감성의 습기가 되여 사막처럼 말라 가던 집단 정치치매에 오아시스로 된 것이리라. 그것이 곧바로 내가 고발 되지 않은 기적을 낳지 않았을까!

여기에서 자신을 얻은 나는 하향지식청년으로 산골학교에서 문예교원사업을 할 때도 대담하게 가야금병창을 내놓겠다고 나섰다. 총장님이 깜짝 놀라 가야금병창을 했다가 조선수정주의, 민족주의 모자를 쓸 수 있지 않겠는 하는 것이었다. 가야금병창을 하지 않으면 문예절목을 못하겠다고 나누었다.

찍자 기질이 이럴 때 또 은을 내는 것 같았다. 학교에서 지지하든 말든 난 내 생각대로 일을 밀고 나갔다. 사처에 수소문해 연변 탄광에 옛날에 쓰던 열두 줄 가야금 여섯 대가 있다는 소문을 들었다. 무작정 찾아가 사정했더니 두말없이 내주었다. 그런데 창고에 몇 해간 처박혀 있다 보니 가야금에 거미줄이 한자두께로 서려있고 줄이 끊어지고 금까지 설어있어 당장 쓰레기로 버리기 전이였다. 실망스러웠지만 호랑이도 굶으면 가재를 뒤진다고 이것저것 가릴 겨를이 없었다. 당장 소 수레에 실어서 이십 여리 산길을 고생고생하면서 학교까지 날라 왔다.

가야금을 가져오자 생각밖에 온 학교가 들끓었다. 선생님들마다 대약진 때의 용광로처럼 열의가 상승 되여 가야금수리에 달라붙었고 정치성을 우려하던 총장님마저 창고를 수리하여 가야금연습실을 마련하느라 야단법석이었다. 먼 곳의 농민들도 가야금을 구경하러 왔다가 이것저것 거들어주곤 했다. 열흘 만에 끝내 가야금이 새것처럼 만들어지고 연습실이 마련 되였다.

학생들은 밥 사들고 다니면서 오전 8시부터 밤 10까지 피타게 연습하였다. 반년동안 악전고투하여 끝내 가야금병창을 공사 문예대회에 내놓았다. 뜻밖의 센세이션을 일으켰고 일등상까지 받아 안았다. 반년어간에 정치형세가 좀 완화 되여 민족적인 것을 크게 반대하지 않았기 때문인 것 같았다.

후에 연변대학 의학부외사처에서 근무하면서 가야금을 배우고 싶어 안달아 죽을 지경인 일여덟 명 되는 교직원들에게 10여년 가야금을 무료로 배워주었다. 학교에서도 적극 지지하여 연습실을 따로 마련해 주고 일주일에 네 시간씩 배당하여 주었다. 한 선생은 여름방학에 몇 천리 떨어진 상해 아들집에 가면서 가야금진도에 뒤쳐질가 보아 가야금을 사들고 갔다. 그리고 날마다 나한테 장거리 전화로 가야금을 복습하곤 했다. 그 덕에 이분들이 연변의 주요관광코스인 민속촌에서 전국에서 온 여행객들에게 가야금병창을 하여 대환영을 받았고 중앙민족잡지에도 번듯하게 실렸었다.

가야금을 배워준다는 소문이 퍼지자 사처에서 학생들이 모여들기 시작했다. 광동, 북경, 대련, 백산에서도 찾아왔다. 학생들에게 보다 책임지고 체계적으로 배워주기 위하여 언니 소개로 연변예술대학 김 진 총장님으로부터 안기옥 산조*를 배우기 시작했다. 김 총장님은 내가 여가 시간에 무료로 가야금을 배워준다는 소문을 듣고 역시 무료로 배워주겠다고 자청해 나섰다. 얼마나 고마웠던지……

가야금에서는 용현이 생명이다. 그런데 나는 용현에서 제일 금기인 발발성 용현이었다. 그 버릇을 고치려고 여간 애를 썼지만 되지 않았다. 이젠 50살 중반이 다 되여 더 이상 희망이 있을 것 같지 않아 그만두려고 했는데 김 총장님이 한번만 더 도전해보라는 것이었다. 여기에서 힘을 얻고 날마다 저녁 늦게까지 용현만 연습했다. 퇴근하여 남편과 아들의 저녁식사시중까지 들고나면 너무 힘들어

눈 웃거죽이 천근무게 같았지만 이를 악물고 견디었다. 그렇게 일 년이 다 되어가는 어느 날 밤 순간적으로 용현이 제대로 되는 감이 들었다. 너무 기쁜 와중에 밤 12 시라는 것도 잊고 김 총장님께 전화를 드렸다. 수화기에 대고 가야금을 뜯으면서 제가 지금 하는 용현소리가 들립니까, 소리가 됩니까? 했더니 총장님이 오히려 더 기뻐하시면서 축하하오, 용현소리 이제야 제대로 된 것 같소. 하는 것이었다.

김 총장님으로부터 가야금산조를 6년 동안 배웠다. 그 기초로 퇴직한 후에는 훈춘진달래예술단의 가야금지도교원으로, 훈춘 로인 대학의 가야금교원으로, 연변 로인 대학 가야금교원으로 초빙 되였었다.

11살에 가야금을 배워서 17살부터 가야금을 배워주기 시작했는데 올해 70세이니 50여년 가야금을 가르친 셈이다. 그동안 학생 300여명을 배양했고   전국로인 문예경연대회에서 가야금독주를 하여 금상까지 받아 안았다.

60세가 되여 가야금을 배우기 시작한 많은 학생들은 늦은 저녁에도 나에게 전화로 거의 한 시간이나 "55 56 56"하며 낮에 배워준 아리랑노래 집법을 다시 익히느라 고심이다. 우리 남편의 말마따나 "진짜 가야금에 미친 로인"들이다.

하지만 바로 이런 "가야금에 미친 로인"들이야말로 문화혁명 때 쓰레기로 될 번한 가야금을 오늘날의 국가민족유산에 선정 될 수 있게 한 당당한 공신들이 아닐 일가.

고고하신 품성과 굴강한 기개로 연변에서의 후진양성과 국악교육에 헌신해 오신 김 진 총장님은 80세에 돌아가시기 열흘 전까지 산소통을 갖춰놓고 숨이 차서 헐떡이면서도 찾아온 학생들의 가야금산조교학을 멈추지 않았다. 나도 은사님을 본받아 눈을 감기 전까지 가야금교학을 멈추지 않을 것이다.

*가야금산조는 우리 민족의 가장 대표적인 전통음악으로서 가야
금산조의 시조인 악성(乐조)김창조에서 시작하여 김창조의 수제자였
고 평양예술대학총장이셨던 안기옥선생님과 안기옥선생의 제자인 김
진 총장님으로 우리 연변에서의 가야금산조의 맥이 이어지고 있었
다. 야금산조의 뿌리를 찾지 못했던 한국에서 준 인간문화재 양승희
여사님이 김진 총장님을 방문하여 안기옥이 정리한 김창조의 귀중
한 재료를 건너 받음으로 하여 산조의 뿌리를 찾게 된 것이다. 양승
희 초대연주회에 김진 총장님의 축하공연이 있었다.

오설추:
묵명문학회 회원 연변여마니슈필회 비서장 , 부회장 역임. 해란강문학상, 연변여성배열장 은상 등 수상 십여차.

생각 바꾸기

□ 박정흡

너무나도 때늦은 깨달음이었다. 머리로는 네 원쑤를 사랑하고 너를 핍박하는 자를 위하여 기도하라는 말씀은 알고 있었지만 그것이 가슴으로 와 닿기는 이번이 처음이었다. 나도 역시 다른 사람이 다 겪는 그런저런 억울함을 다 당하고 해소할 길이 없고 이해해주는 이 없어 울며 겨자 먹기로 독을 그대로 삼키고 말았다. 장장 19년 간 잠이 오지 않았고 그 때문에 정신질환이라는 진단도 받고 19년간 계속 그 약을 먹고 살았다.

어느 노래인지 제목이 딱히 생각나지 않지만 그때는 그런 노래 잘 불렀다.

세상은 넓어도 사람은 많아도

나는 왜 혼자일까

하늘에 물어도 땅에 물어도

모두다 왼눈을 하며...

아래의 가사는 내가 그냥 고쳐서 부른것이다.

사실이 아니고

환각이 라네

그 누가 이해하나

그 누구 찾아야 하나

나는 울고 있네...

이렇게 저는 자신을 달래며 오지 않는 잠을 약을 먹고 해결했다. 약은 부자용이 많았다. 처음에는 약이 말을 듣는 것 같았지만 후에는 안 되었다. 전전긍긍 그렇게 지긋지긋한 밤을 지새우며 하루가 삼추같이 아리랑고개 넘어왔다.

기실 지금 와서 생각하면 아무 일도 아니다. 사는 게 생각 바꾸기이다. 한번 상처 준 사람에게 그 사람 때문이라고만 생각했지 종래로 그것은 나 때문이라는 생각을 하지 않았다. 그 때문이 사람을 못살게 만드는 것이다. 한 가지 사건을 경험했을 때 그 사건에 대한 태도가 어떠한가에 따라 슬퍼도 지고 기뻐도 지는 것이다. 쓴 약은 입에는 쓰지만 몸에는 양약이 되는 것이다. 도리는 아는데 그것이 마음으로 깨달아 지기는 너무나 쉽지 않는 것이다. 마치 짐을 진 사람이 차에 올라탔는데 미안한 생각이 들어서 차에 태워준 것만으로도 감사한데 어찌 짐까지 부리우겠느냐면서 짐을 그냥 지고 차타고 가는 신세가 아닌지 생각해 본다. 인생을 살다 가면 짐이 많다. 나이를 먹을수록 "급"이 많다. 예하면 때가 되면 아빠가 되고 엄마가 되고 또 시간이 지나면 할아버지가 되고 할머니가 되고 또 시간이 지나면 위로 계속 승급하는 것이 아닌가… 그러니 책임은 많고 임무는 중하고 몸은 견딜수 없이 늙어만 가지… 책임을 다 못 지면 제구실을 못한다고 욕볼지도 모른다. 정말 이뿐이면 좋겠는데 사회인이라 또 사회의 직무도 감당해야 하지 않겠는가. 복잡다단한 세상에 짐을, 그 인생의 짐을 어디에 부리워야 가벼울 것인가 생각해본다. 먼 길을 갈 때는 털 하나라도 뽑고 가라는데 마라톤 같은 인생을 가면서 짐을 잔뜩 이고 얼마나 뛸 수 있겠습니까. 맙시사! 그래서 중도에서 하차하는 인생은 너무나도 많이 보아왔다. 정말로 나도 아차 하는 순간순간을 너무 많이 지나왔다. 아슬아슬한 벼랑 위을 걷는 분위기었다. 격어 본 사람은 알겠지만 못 겪어본 사람은 정말 만분의 일이라도 이해하면 다 괜찮은 이해력이 있는 사람이라 하겠다. 사실 깨닫고 보니 인생은 기실 생각바꾸기였다. 문제를 긍정으로 보느냐 부정으로 보느냐 하는 차이였다. 매 사건과 문제의 뒤에는 항상 조물주의 아름다운 계획이 있는 것이다. 우리의 만남 만남과 사건에는 우연이 없다. 모두다 필연인 것이다. 우리가 원하든 원치 않든 사계절은 어김없이 찾아오는 것이다. 우리의 의지와는 아무런 상관도 없는것이다. 그래서 쨍 하고 해 뜰 날만은 바라지 말아야 하는 것이다. 비오고 눈 오는 날도 있기 마련이니까. 그런 날에는 햇님은 구름위에서 우리를 따사롭게 하는 것이다. 흐린 날이라 해서 해가 없는 것은 안니니깐.

여기에 이런 이야기가 있다. 어떤 사람이 여관에 들었는데 한밤중

184

에 그만 정전이 되였다. 때는 삼복철이라 한없이 무더운 밤이였다. 너무 더워 한밤중에 이 손님은 어둠을 더듬어 유리창가로 가서 유리창문을 열려고 하였다. 그런데 그 유리창이 조금도 열려지지 않았다. 그래서 안간힘을 다해 겨우 열어제꼈다. 쨍그랑 하며 유리가 깨지는 소리가 나며 시원한 바람이 불어들어왔다. 그 손님은 마침내 잠을 잘 수 있었다. 시간이 얼마나 흘렀는지 이튿날 아침이 되었다. 손님이 잠에서 깨여나 보니 창문은 꽁꽁 잠가져 있는데 오로지 벽에 있는 거울이 다 깨여져 있었다. 원래 창문을 열린 것이 아니고 거울이 깨여진 것을 창문이 열린 것이라고 착각하고 바람이 들어온다고 생각하니 마음이 시원했고 또 잠도 잘 수 있었던 것이다. 생각의 차이는 이렇게 엄청난 결과를 가져오는 것이다.

모든 병은 마음으로 부터 오는 것이다. 육신의 병은 약을 쓰면 나을 수도 있지만 정말 마음이 병들면 무슨 특효약이 없는 것이다. 돈 있는 부자라도 마음이 병들면 고칠 수 없는 것이다. 자살하는 사람의 수가 늘어나는 지금에 와서 보면 그들이 자살하는 이유는 육신이 병들어 죽는 것이 아니다. 마음이 좀먹고 병들어 살 소망이 끊어진 것이다. 자신의 존재의 의미를 깨닫지 못하고 눈앞에 까맣게 어두워 앞이 보이지 않는 것이다. 그때 한줄기의 성냥불만한 빛이있어도 죽을 정도는 되지 않는 것이다. 종일 닭알 속처럼 아리숭한 세월을 지내다가 뒤늦게 깨달은 이 엄청난 비밀이다. 기실 남을 용서하는 것은 자기를 놓아주는 것이다. 원쑤가 목마르거든 물 마시게 하고 굶주리면 먹게 하여라.

이해의 나무에는 사랑의 열매가 맺히는 것이다. 지금 나는 약을 다 끊고 자신의 사업터에서 행복하게 출근하고 있다. 내 나이 56세, 교육생애 37년, 투병생활 19년 만에 깨달은 진리를 공유하고 싶다.

아직도 인생길에서 방황하고 있는 이들에게 나의 이 깨달음은 한 줄기의 소금이 되고 빛이 되여 절망에 처한 이들에게 소망을 갖고 용기를 다시 북돋아 억세게 살아가는 게시가 되였으면 좋겠다.

박정흡:
중국 길림성 훈춘시제2소학교 교원. 교원수기상, 연변TV창작동요제 최우수창작상 등 수상 다수.

□ 兒童文學 □

童詩文學

김봉순/ 이슬 (외 2수)

강 려/ 돌계단에서 (외 4수)

한설매/

신매화/

신지원/ 달과 별 (외 1수)

特選童話

김미란/ 기다림의 우체통

리영철/ 가야금소리, 노랫소리

寓話文學

허두남/ 게으름뱅이와 겉치례쟁이 (외 1편)

이 슬 (외 2수)

□ 김봉순

새벽에
은방울들
빨래줄에
놀러왔어요

쪼르륵
쪼르륵
미끄럼 타요
줄, 줄을 지어

함박눈

하늘나라에서
전쟁이
터졌는가 봐

피난민들
이사짐도 없이
하얀 옷만 걸치고
와글와글 피신 오네요

연필

파란 길 따라
까만 연필차 달린다

역에서
내리는 손님 많고
오르는 손님 없다

달릴수록
역마다
내리는 손님만 많다

김봉순:
동북아문학예술연구협회 회원. 동시집 〈햇살을 꽁꽁 싸맸다〉 출간. 동심캠핀중아동문학상, 세계동시문학상 등 수상.

돌계단에서 (외 4수)

□ 강 려

대뚱 뒤뚱 …
아이의 걸음이 돌계단 오른다
뒤로 넘어질 가봐 아이 등 뒤에서
바람이 두 팔 벌리는데

두 계단 먼저 오른 해살이
아이의 두 손 마주 잡아준다
힘내~!

나팔꽃처럼 손나팔 쥐고
화이팅 웨치는 여자애의 목소리도
돌계단을 함께 올라간다

꼬리 젓는 마중

친구 향해 걸어오는
바람의 발자국소리에
강아지풀이 꼬리로
반가움 하늘거리는데

신나게 마주 달려오는
책가방 멘 부름소리에
기다리던 멍멍개도
꼬리로 그리움 흔들어댄다

즐거운 마중이
꼬리 젓는 여름날 주말이다

아이와 멍멍개

감기 걸릴 가봐 우산 기울려주는
아이의 볼우물에 빗방울 반짝거려도
그 착한 생각은 젖지 않습니다

"멍멍"
멍멍개의 고마운 소리도 젖지 않습니다

달팽이걸음 맞추기

나무잎위를 달팽이가
느릿느릿 걷는다
솔바람도 솔솔 발자국 옮긴다

뇌성마비 친구의 걸음 맞추느라
나도 달팽이 되여
한걸음 두걸음 내딛는다

하학길에 얘기꽃도 따라
느릿느릿 피여난다

확대경으로 들여다봐

가을나무잎에
단풍 익는 소리
빨갛게 번지고 있지

풀잎에 잠든 풀벌레의 숨소리
파랗게 부풀고 있지

외국 간 엄마 보고싶은 생각이
포동포동 살지고 있지
그리움이 동글동글 커지고 있지

여름방학 (외 1수)

□ 한설매

할머니 집에서 미루었던
배꼽 청소에
무지개 걸려있다
베짱이 잠꼬대와
개구리 신나는 메아리가

낚시대에 걸린 앞뜰 웃음소리로
줄줄줄 끌려 나온다

안돼, 음매~~
송아지가 고함소리도
함께 끌려나온다

아아, 겨울방학은
언제쯤 올까

여름방학
재미난 이야기도
겨울방학한테는 편지로
길게 적어 놓아야지

빙고게임

오늘도 해님과 달님 하늘에 금긋고
게임 시작한다
해님 오른쪽에 노을 한쪼각
달님이 왼쪽에 땅거미 하나
오른쪽 왼쪽…
또 지고 만 해님
땅거미로 채워진 하늘
빨갛게 성난 얼굴로
비다속 용왕 찾아갔나
거부기 찾아갔나
오늘도 잠 못 이루는 해님 때문에
덜썩이는 파도 이블

만가닥 버섯 (외 3수)

□ 신매화

열가락 백가락
하아얀 치마
하아얀 저고리
하아얀 마음 담아
이쁘게도 피었어요

천가닥 만가닥
갓 쓰고 태어나
갓 쓰고 놀다가
갓 쓰고 잠도 자고
참말로 대견해요.

깔깔대는 도마

삭삭삭
오이가 썰어지네요
반찬 납시오

톡톡톡
감자가 썰어지네요
울 엄마 장국 납시오

꺄르르 꺄르르
도마가 허리 잡네요
울 집 행복이 끓어요.

봄

샤랄라
세수한 파란 하늘에서
하얀 구름 떠간다

차르르
조약돌 씻기는 바닷가에서
해살이 뛰논다

필리리
풀잎 설레는 들판에서
꽃잎 터진다.

봄비

똑
똑
똑
봄비의 노크에
겨울 속 잠자던 풀잎들이
얼굴 살짝 내민다

실비에 씻긴 새싹들이
하얀 손 내밀어
춤가락 한창이다

똑
똑
똑

신매화:
묵향문학회 회원. 중국 흑룡강성 작가협회 회원. 재안 동포문인협회 수필분과 분과장. 흑룡강신문사 녀성수필 공모 동상.
한국 창조문학신문 소설 신춘문예상, 한국 월간문학 수필 신인상 등 수상 다수.

달과 별 (외 1수)

□ 신지원

달 달 달님은
연지곤지도 없는가봐
맨날 하야하얀 얼굴 뿐
아니아니 아니야
일편단심 변치 말자고
하얗게 하얗게만 떠오른 거야

별 별 별들은
누가 알아보지 못할가봐
하늘 높이 올라갔을가
아니아니 아니야
동서남북 알려주려고
높이높이 떠오른 거야

별사탕

별 모양으로 된 별사탕
별스레 맛있다

와작 씹어 먹으니
순식간에 없어진다

천천히 녹여 먹는 내 동생
쪽쪽 소리가 별스레 맛갈 난다

아 이렇게 먹고 싶을 줄 알았으면
나도 녹여 먹었을 걸

신지원:
중국 길림성 동풍학교 6학년 1학급 학생

기다림의 우체통

□ 김미란

진달래촌에 자리 잡은 공소합작사 문 앞에는 파란 옷을 입은 우체통이 우두커니 서있었습니다.

우체통의 몸에는 흙먼지가 가득 묻어있었고 군데군데 칠까지 벗겨져 조금은 초라해보였습니다.

우체통은 자기가 언제부터 이곳에 서있었는지를 모릅니다. 시간이 너무 오래 지나서 나이가 몇 살인지도 감감 모른답니다.

아주 오래 전에 파란 제복을 입은 아저씨들이 공소합작사 문 앞에 세워주던 기억이 어렴풋하게 떠오릅니다.

주위는 풀잎에 맺힌 이슬방울이 땅에 떨어지면 소리가 들릴 정도로 한적했습니다. 발밑에서 질서 없이 자라는 잡풀들만이 바람에 하느작거리면서 고독을 다소 달래주었습니다.

우체통은 눈물 고인 눈으로 푸르른 하늘을 바라보았습니다. 길옆에 먼지를 뒤집어쓰고 있던 백양나무가 길게 손을 뻗어 한낮의 따가운 햇볕을 막아주었습니다.

싱겁쟁이 참새가 우체통 안을 기웃거리면서 속삭였습니다.

"짹짹짹- 아직도 자니?"

우체통은 눈이 아플 정도로 참새를 찔 흘겨보면서 볼 멘 소리를 내뱉었습니다.

"자긴 누가 잔다구! 참새 주제에 웬 참견이냐!"

"넌 예나 지금이나 콧대가 높구나. 우체통이란 감투를 쓰고 있을 날도 며칠 안 남았을 걸. 광장에 불도젤이랑 기중기랑 서있더라. 아마도 불필요한 너 같은 것들을 죄다 밀어버릴 거다."

우체통은 몸을 부르르 떨면서 소리쳤습니다.

"입 그만 닥쳐."

"너 아직도 밤중이구나. 지금 불도젤로 학교를 밀어버리고 있어. 꼴 문대가 뽑히는 걸 금방 두 눈으로 보고 왔단다. 마을로 통하는 길도 불도젤로 갈아 뒤엎고 있단다. 여기 있는 공소합작사도 이제 곧 밀어버릴 거야. 그렇게 되면 너도 영영 땅속 깊이 사라질 거야."

참새는 우체통의 머리 우에 똥까지 찔- 갈기고 포르르 날아가 버리었습니다.

우체통은 숨이 멎는 것만 같았습니다. 학생들의 글소리, 웃음소리 낭랑하던 학교가 폐교가 된 지 오래 되 건물이 허물어지고 운동장도 잡초들로 무성하다는 것을 오래 전부터 알고 있었습니다.

아이들이 웃통을 벗어던지고 운동장을 뛰어다니며 축구를 차던 모습이 지금도 눈앞에 보이는 듯이 또렷했습니다.

공소합작사를 밀어버린다구? 아침이면 책가방을 멘 아이들이 공소합작사 앞에 모여서 학교로 갔습니다. 붉은 넥타이를 나부끼며 즐겁게 학교로 가는 아이들의 뒷모습을 바라보면서 우체통은 흐뭇한 미소를 지었습니다.

하학하면 몇몇 개구쟁이들은 우체통의 머리를 딛고 백양나무에 기어올랐습니다. 우체통은 흙이 게발린 운동화에 머리를 밟히면서도 즐거웠습니다. 언제부터인지 아이들이 나무에 기어오르거나 나무에 그네를 매고 뛰는 일은 거의 없었습니다.

"어휴!"

자기도 모르게 입에서 울분이 섞인 한숨이 터져 나왔습니다.

우체통은 배가 몹시 고팠습니다. 배속에 편지들로 가득 차 있던 시절이 그리웠습니다…

편지지에 마음을 담아 또박또박 전하던 시절이 있었습니다. 시대가 발전함에 따라 편지지에 편지를 쓰는 사람이 점점 사라졌습니다. 사람들은 정성어린 마음을 전하기보다 전화로, 위챗으로 소식을 전하였습니다.

과학기술의 발전과 더불어 특히 청년들은 손을 사용해 편지를 쓰는 것을 싫어했습니다. 편지봉투에 우표를 붙여 우체통에 넣는다는 일은 마치 오랜 이전에 지구에 공룡이 살았다는 이야기처럼 역사 속의 이야기로 남아 이미 색바래진지 오래 되었습니다.

그 시절, 편지들은 캄캄한 통 속에 갇혀질 때면 처음엔 무서워 엉엉 울었습니다. 그때마다 우체통은 차분한 목소리로 달래였습니다.

"울지 말어. 조만간에 나갈 수 있다. 참을성 있게 기다려라."

경험이 쌓인 우체통은 냄새만 맡아도 편지를 쓴 주인공이 어떤 사람인 줄 알았습니다.

연인들이 주고받는 편지봉투에서는 늘 향수냄새가 풍기었습니다.

이 세상에서 가장 살뜰한 말들을 담아 쓴 후 향수까지 뿌린다는 것을 알고 있었습니다. 거듭거듭 입까지 맞출 것을 생각하니 우체통의 파랗던 얼굴이 부끄러움에 젖어 빨갛게 변하였습니다.

눈물로 얼룩져 글씨가 희미해진 편지봉투. 비릿한 냄새를 풍기는 편지봉투, 인쇄냄새가 풍기는 편지봉투… 여러 가지 편지봉투들이 많았지만 우체통은 젖내가 몰몰 풍기는 편지봉투를 보는 것이 가장 기분이 좋았습니다.

작문을 써서 투고하는 아이들이 많았지만 그중에서도 안경을 낀 건용이의 얼굴을 똑똑하게 기억하고 있었습니다.

건용이는 한 달에 거의 한 번씩 우체통에 편지를 넣었습니다. 처음에는 키가 닿지 않아 폴짝폴짝 뛰었습니다. 그 모습이 귀여워 우체통은 애써 키를 낮추려고 안간힘을 썼습니다.

건용이의 편지봉투에 귀를 대고 들었다면 까르르 웃음소리가 들릴 것만 같았습니다

건용이는 오뉴월 오이가 자라나듯이 쑥쑥 잘도 커갔습니다. 시간이 지나자 발뒤꿈치를 들지 않고서도 손쉽게 편지봉투를 우체통에 넣을 수 있었습니다.

건용이는 약수물을 배달하는 아저씨처럼 일주일에 한 번씩 꼭꼭 나타났습니다. 그러다가 액화가스를 배달하는 아저씨처럼 한 달에 한번 나타났습니다. 그러다가, 그러다가 몇 달이 지나도, 몇 년이 지나도 나타나지 않았습니다…

소슬한 바람이 마을사람들이 진달래촌을 떠난다는 소식을 싣고 왔습니다.

진달촌도 사람들로 붐비던 시절이 있었습니다. 불과 몇 년 사이 진달래촌에는 이상한 바람이 불었습니다. 너도 나도 도시로, 외국으로 나갔습니다. 순자네도, 철수네도 이삿짐을 꾸리었습니다. 이삿짐을 실은 커다란 트럭이 뽀얀 먼지를 일으키며 떠나가는 모습을 우체통은 눈물이 그렁그렁 해서 바라보았습니다.

이별에 익숙해진 마을사람들은 누가 마을을 떠난다고 해도 그다지 마음이 아파하지 않고 오히려 부러워하였습니다.

우체통은 큰길을 바라보며 건용이를 비롯한 마을사람들이 진달래 촌으로 돌아오기를 이제나저제나 하며 기다렸습니다.

우체통은 진달래촌을 떠나가는 마을사람들의 뒷모습을 기억하고 있었습니다. 어깨를 축 늘어뜨린 채 떠난 마을사람들은 대부분 돌아오지 않았습니다.

시간에 지남에 따라 기다림은 곧 아픔으로 변하였습니다. 아픔이 파고들면서 우체통은 파랗던 색이 점차 바래졌습니다.

공소사 앞은 늘 분위기가 어수선했습니다. 우체통은 기다림에 지쳐 삶에 점차 흥미를 잃었습니다. 건용이도 더는 기다리지 않기로 마음을 단단히 먹었습니다.

우편배달부가 편지를 꺼내가지 않아도 눈을 질끈 감고 살아갈 계획을 세웠습니다.

그러나 하룻밤을 자고 일어나면 또다시 목을 길게 빼들고 큰길을 바라보았습니다.

우체통은 목을 길게 빼들고 멀리 살피는 버릇이 생기였습니다. 그것은 기다림의 아픈 몸짓이었습니다. 파랗던 색이 점차 하얗게 바래졌지만 기다림의 몸짓만은 우아했습니다.

마을에는 빈 집이 하나 둘 늘어났습니다. 건용이네도 아마 이사를 갔을 것야…

건용이에 대한 그리움이 똘똘 뭉쳐져 풀리지 않는 멍울로 우체통의 가슴속에 굳어졌습니다.

우체통은 보슬보슬 봄비가 내리는 소리에 조용히 귀를 기울이면서 잠을 청하였습니다…

하늘땅을 진감하는 불도젤 소리가 들려왔습니다.

"불도젤로 날 밀어버릴 거야. 이제 용광로 속에 던져지면 무엇으로 다시 환생할가?"

우체통은 숨죽여 울었습니다…

갑자기 몸이 거뿐해진 우체통은 눈을 번쩍- 떴습니다.

우체통은 너무도 반가와 온몸을 부르르 떨었습니다. 이게 누구야! 건용이가 틀림없었습니다. 의젓하게 성장하여 명표 양복을 입었지만 우체통은 대번에 알아보았습니다.

수다쟁이 참새가 우체통의 머리우를 감돌면서 건용이가 귀향대학생 창업자 대오 속에 섞여 고향을 건설하러 왔다고 짹짹 전하였습니다.

고느적 하던 마을 쪽에서 흥겨운 노랫가락이 들려왔습니다. 마을에서 진달래축제가 펼쳐진다는 소식에 우체통은 몸을 높게 솟구쳤습니다.

마을에서는 방치한 농가를 개조하여 민박을 만들어 관광객을 유치한다고 하였습니다.

외양간을 개조한 카페에는 지금 관광객들로 붐비고 있었습니다.

마을로 향하는 길어구에서 민족복장을 곱게 차려입은 아주머니들이 특색음식을 만들어 팔고 있었습니다.

비어있던 공소합작사도 옛 모습을 보존하면서 새로운 생명을 불어넣어 개조한다고 하였습니다.

건용이를 비롯한 자원봉사자들이 파란색 조끼를 입고 변모된 고향소식을 실은 전단지를 관광객들한테 나눠주고 있었습니다.

우체통은 이 소식을 고향을 떠나 타향에서 고생하는 마을사람들한테 전하고 싶었습니다.

활짝 피어난 진달래꽃들은 우체통의 마음을 읽기라도 하듯이 더욱 짙은 향기를 풍기였습니다.

진달래꽃향기는 우체통의 간절한 마음을 싣고 바람을 타고 멀리멀리 날아갔습니다. 가만히 서있기만 하던 전선대도 전깃줄에 변모된 고향소식을 담아 멀리멀리 전하였습니다.

지지배배 제비도, 짹짹 참새도 진달래꽃향기에 고향소식을 담아

이슬우표를 붙여 방방곳곳에 전하였습니다.

우체통은 건용이의 도움으로 곱게 세수하고 진달래꽃밭에서 관광객들과 함께 멋진 포즈를 취하고 사진을 찍고 있었습니다…

김미란:
묵향문학회 회원. 한줌웅달샘문학상, 연변일보 해란강문학상 등 수상 다수. 작품집 『스트레스세탁소』 등 3권 출간.

가야금소리, 노랫소리

□ 리영철

1

얼마 전에 한 줄금 퍼부은 비가 한여름의 뜨거운 열기를 좀 식혀 주었습니다. 채양이 큰 모자를 쓴 나이 이슥한 조각가가 돌계단을 오르더니 공원 둔덕에 우뚝 솟은 큼직한 두 선녀조각상 앞에 멈춰 섰습니다. 그는 고개를 쳐들고 정든 눈길로 두 선녀조각상을 이윽토록 바라보았습니다. 흰구름조각 우에 사뿐 앉은 희디흰 선녀조각상은 섬섬옥수로 가야금을 타는 모습이었고 흰구름조각 우에 날씬한 몸매로 선 희디흰 선녀조각상은 한 손으로 꽃바구니를 안고 다른 한 손을 펼쳐 춤을 추며 노래를 부르는 모습이었습니다. 워낙 우아한 두 선녀조각상이 비를 맞아 더욱 청신하고 아름다웠습니다.

211

이 도시의 시민들은 남녀노소를 불문하고 다들 노래와 춤을 즐기었습니다. 하여 이 두 선녀조각상은 언녕 이 도시의 상징물로 되었습니다.

조각가가 손목시계를 들여다보니 정각 오전 9시였습니다. 비가 금방 온 후여서인지 마침 주변에는 거니는 사람이 없었습니다. 조각가는 정다운 눈길로 두 선녀조각상을 쳐다보며 낮은 소리로 불렀습니다.

"선미야, 선려야."

물론 이 이름은 조각가가 달아준 것인데 가야금을 타는 선녀조각상의 이름이 선미이고 꽃바구니를 안고 춤을 추며 노래를 부르는 선녀조각상의 이름이 선려였습니다.

순간 내내 그 모양 그대로 굳어져있던 희디흰 두 선녀조각상이 불현듯 희디흰 선녀로 변했습니다. 그들이 자세를 바꾸지 않았기에 선녀로 변해도 좀 먼 곳에 있는 사람들은 아무런 이상함도 느끼지 못하고 있었습니다.

"아저씨, 안녕하세요?"

"약속을 지켜줘서 고마워요."

선미와 선려가 조각가를 보며 역시 낮으나 부드러운 어조로 말했습니다. 그들의 그윽한 눈에서 고마움이 찰랑찰랑 흘러넘치고 있었습니다.

두 선녀조각상을 다 만든 날, 20년 후의 이 시간에 그들을 선녀로 변하게 하겠다고 약속했던 조각가는 이렇게 어김없이 나타난 것이었습니다.

"선미야, 선려야, 너희들이 그간 조각상으로 굳어져있으면서 우아한 모습으로 시민들에게 즐거움을 한가득 안겨주어 고맙다. 이젠 선녀로 됐으니 하늘로 훨훨 날아오르거라."

이렇게 말하는 조각가의 얼굴에 서운함이 짙게 어려있었습니다. 자기가 20년 전에 정성 다해 손수 만든 두 선녀조각상을, 그 사이 공원의 둔덕에 우뚝 솟아 만사람들에게 즐거움을 한가득 안겨준 두 선녀조각상을 정작 선녀로 변신시켜 하늘로 날려 보내려니 연덩이가 들어앉은 듯 마음이 무겁기만 했습니다.

"아니요."

"우린 하늘로 날아오르지 않을래요."

선녀로 됐으니 좋아라고 하늘로 날아오를 줄로만 알았는데 그들의 입에서 당돌하게 이런 말이 튕겨 나오니 조각가는 깜짝 놀라지 않을 수 없었습니다.

"왜? 장장 20년간 이 도시의 시민들에게 즐거움을 그만큼 안겨주었으면 이젠 너희들도 하늘로 날아올라 세상구경을 하며 마음껏 즐겨야지."

"우린 세상구경을 못하더라도 이 곳을 떠나지 않을래요."

"우린 그냥 선녀조각상으로 남아있더라도 이 도시 사람들에게 계속 즐거움을 듬뿍듬뿍 안겨드리고 싶어요."

선미와 선려가 낮으나 드팀없는 어조로 말했습니다. 기실 이 도시 사람들만 두 선녀조각상에게 정이 든 것이 아니였습니다. 두 선녀조각상도 공원에 정이 들고 이 도시에 정이 들고 이 도시 사람들에게 정이 든 것이었습니다.

"너희들이 참 착하구나."

조각가는 잠간 동안을 두었다가 말을 이었습니다.

"정 그렇다면 너희들의 소원을 들어주마. 하지만 너희들을 그냥 선녀조각상으로만 굳어져있게 할 수는 없어. 이제부터 매주 일요일

오전이면 한 시간씩 선녀로 변할 수 있게 해주마. 너희들은 이 시간을 이용해 하늘로 날아올라 이 도시 사람들에게 더 많은 즐거움을 안겨줄 수 있다. 너희들이 이 시간을 어기지 않으면 선녀조각상은 영원히 사라지지 않아. 명심하거라. 선미가 가야금을 타고 선려가 너희들의 소망을 담은 노래를 불러야 그 소망이 현실로 될 수 있네라."

선미와 선려는 알릴 듯 말듯 고개를 끄덕이었습니다.

조각가와의 대화를 마친 두 선녀는 다시 조각상으로 굳어졌습니다.

2

이튿날은 일요일이었습니다. 오전 9시가 되자 두 선녀조각상은 선녀로 변했습니다. 기실 선미와 선려만 진짜로 변한 것이 아니였습니다. 가야금조각도 꽃바구니조각도 두 선녀를 떠인 흰구름조각도 다 진짜로 변한 것이였습니다.

선미와 선려가 흰구름을 굽어보며 부드러운 소리로 낮게 말했습니다.

"흰구름아, 하늘로 날아 오르거라."

두 선녀조각상을 떠인 흰구름조각은 그냥 그 자리에 남아있는데 두 선녀를 태운 흰구름은 순식간에 하늘로 날아올랐습니다. 다른 구름들은 바람을 따라 흘러가지만 두 선녀를 태운 흰구름만은 그 자리에 못 박힌 듯 서있었습니다.

꽃바구니를 안은 선려가 선미를 굽어보며 독촉했습니다.

"언니, 빨리 가야금을 타. 언니가 신나게 가야금을 타고 내가 신나게 노래를 불러야 지상의 사람들이 춤을 추며 즐길 수 있는 거야."

조각가가 두 선녀조각상을 만들 때 선미가 선려보다 며칠 더 먼저 만들어졌다고 하여 선려는 선미를 언니라고 불렀습니다.

"너무 성급해하지 마."

가야금을 무릎에 얹은 선미가 고개를 살래살래 저었습니다.

"우리에겐 질질 끌 시간이 없어. 조각가아저씨가 한 말을 언닌 벌써 잊었어? 매번 우리에게 주어진 시간은 한 시간 뿐이야."

선려가 무척 안타까워했습니다.

"물론 잊지 않았지."

선미가 선려를 쳐다보며 차분한 어조로 말했습니다.

"그런데 왜 늦장을 부리는 거야? 언닌 가야금을 타고 싶은 마음이 간절하지도 않나 봐."

선려가 못마땅하게 선미를 굽어보았습니다. 그만큼 노래를 부르고 싶은 심정이 불붙듯 간절한 선려였습니다.

"나도 가야금을 타고 싶은 심정이야 간절하지. 하지만 우린 먼저 도움이 필요한 사람들에게 사랑의 손길을 보내주어야 해. 그래야 더 많은 사람들이 떨쳐나서서 춤을 추며 즐길 수 있는 거야."

그제야 선려는 궁리가 깊은 선미를 굽어보며 귀밑을 살짝 붉혔습니다.

지상입니다. 다른 사람들은 하늘 우의 두 선녀가 주고받는 말을 들을 수 없었지만 공원의 해묵은 나무 밑에 서있는 조각가만은 들을 수 있었습니다. 그는 기대가 잔뜩 어린 눈길로 하늘의 작은 흰구름을 쳐다보며 혼자소리로 중얼거렸습니다.

"선미야, 네가 참 생각을 잘했어."

3

선미와 선려는 곧 고개를 숙여 도시를 세세히 살펴보았습니다. 그들의 시선이 동시에 동쪽 시교의 한 외람진 곳에 멈추었습니다. 그들은 눈을 깜박일세라 그 곳을 유심히 살펴보았습니다. 한 남자애가 휠체어에 앉아 누구도 없는 곳에서 천천히 오가고 있었습니다. 초시력을 가지고 있는 두 선녀는 먼 하늘 우에서도 수심이 가득 어려있는 그 남자애의 애잔한 얼굴모습을 똑똑히 볼 수 있었습니다.

"오늘은 저 애를 도와주고 싶어."

선미의 말에 선려는 두말없이 동의해나섰습니다.

그들은 흰구름을 타고 일순간에 그리로 날아내렸습니다. 물론 흰구름은 땅과 약간 사이를 두고 떠있었습니다.

갑자기 흰구름을 타고 나타난 두 선녀를 보는 순간 휠체어에 앉은 남자애는 눈이 휘둥그래졌습니다.

"앗!"

남자애가 외마디소리를 지르며 황급히 휠체어의 머리를 돌렸습니다. 그리고는 급급히 그 자리를 떠났습니다.

"얘야, 우릴 피하지 마."

"우린 마음이 착한 선녀들이야."

흰구름 우의 선미와 선려가 멀어져가는 남자애를 바라보며 솜사탕마냥 부드럽고 달콤한 소리로 말했습니다.

그 목소리는 자석과도 같은 흡인력을 가지고 있었습니다. 남자애는 저도 몰래 휠체어를 멈춰 세웠습니다. 그리고는 천천히 휠체어를 돌려세웠습니다. 두 선녀의 예쁜 얼굴에 담긴 어여쁜 미소를 보는 순간 남을 상대하기를 꺼리던 남자애의 마음이 연기마냥 말끔히 사라져버렸습니다.

"두 선녀는 왜 공원 둔덕의 선녀조각상과 똑같아요?"

휠체어를 탄 남자애가 희디흰 두 선녀를 쳐다보며 의아함을 금치 못했습니다. 이미 휠체어를 타고 아빠, 엄마와 함께 공원으로 여러 번 가본 적이 있는 그는 희디흰 두 선녀조각상에 대해 너무나도 익숙히 알고 있었습니다.

"우리가 바로 공원 둔덕의 그 두 선녀조각상이야."

"그 두 선녀조각상이 잠시 선녀로 변한 거야."

선미와 선려가 휠체어를 탄 남자애를 보며 더욱 예쁘게 웃었습니다.

"얘야, 너 이름이 뭐지?"

"너 왜 여기에 혼자 있는 거니?"

선미와 선려가 관심조로 물었습니다.

"난 활수예요. 우리 집이 저기 가까이에 있어요."

휠체어를 탄 남자애가 대꾸했습니다.

"넌 왜 휠체어를 타게 되였니?"

두 선녀가 계속 관심을 보이였습니다.

"교통사고로 두 다리를 못 쓰게 됐어요."

종래로 남 앞에서 자기의 비참한 사연을 말한 적이 없는 활수는 처음으로 두 선녀 앞에서 자기의 가냘픈 신세를 이야기했습니다. 아장아장 걸음마를 떼던 그는 어느 날 갑자기 의외로 교통사고를 당해 두 다리를 못 쓰게 되였습니다. 하여 유치원에도 다니지 못했고 이젠 학교 갈 나이가 되였는데 학교에도 다니지 못하고 있었습니다. 아빠, 엄마는 몸은 불구여도 마음이 불구여서는 안 된다면서 학교에 다녀야 한다고 그렇게 타일렀지만 나 어린 활수는 휠체어신세로 많은 아이들을 상대할 용기와 자신이 없는지 기어이 그럴 용기를 내지 못하고 있었습니다.

흰구름을 탄 두 선녀의 얼굴에 련민의 정이 한가득 흘러넘쳤습니다. 그들은 연신 눈을 슴벅이였습니다.

선미와 선려가 활수를 보고 또 상냥하게 물었습니다.

"활수야, 너의 소원은 무엇이니?"

"무용가로 되는 거예요. 우습죠? 실현할 수 없는 꿈을 가지고 있는 것이…"

활수가 멋적게 웃으며 말했습니다. 제일 처음 공원으로 갔을 때 꽃바구니를 안고 춤을 추는 선녀조각상을 보면서 이런 꿈이 불쑥 떠올랐었습니다. 참 이상하죠? 이런 꿈이 그에게는 현실적이 되지 못한다는 것을 번연히 알면서도 말입니다. 애들은 흔히 이런가 봅니다. 실현할 수 없는 꿈을 마음속에 묻어두고 있는 경우가 많은가 봅니다. 활수도 아마 이런 부류에 속하는 애인가 봅니다.

"네가 소원을 이루도록 우리가 도와주마."

흰구름 우의 두 선녀가 이구동성으로 하는 말에 활수는 흥분에 들떠 기관총을 쏘듯 물었습니다.

"뭐라구요? 내가 소원을 이루게 도와주겠다구요? 정말인가요? 내가 잘못 들은 건 아니죠?"

"그래."

흰구름 우의 선미와 선려는 그윽한 눈을 마주쳤습니다.

이어 선미가 섬섬옥수로 가야금을 탔습니다.

둥기당당 둥기당…

선려가 한손으로 꽃바구니를 안은 채 다른 한손으로 나풀나풀 춤을 추며 우아한 목청으로 노래를 불렀습니다.

활수야, 활수야
불쌍한 활수야
어린 나이에 휠체어를 타고 다니는
네가 너무나도 가엽구나
이제부터라도 휠체어를 버리고
잃어버린 즐거운 동년을 되찾거라
마음대로 활개 치며 씩씩하게 자라거라
마음속에 묻어둔 꿈을 활짝 꽃피우거라

선미가 진지하게 타는 가야금가락에 맞춰 선려가 진지하게 부른 노래는 놀라운 신통력을 가지고 있었습니다. 아무런 감각도 없던 활수의 두 다리에 느낌이 왔습니다. 발육이 안돼 짧고 약하기만 하던 두 다리가 제대로 길어지고 실해졌습니다.

얼마 후 활수는 휠체어에서 벌떡 일어나더니 활개 치며 씨엉씨엉 걷기 시작했습니다. 이어 그는 두 손을 활짝 펼치고 제자리에서 몇 고패 돌며 춤을 추는 시늉을 했습니다. 그가 어찌도 기쁘게 웃는지 얼굴 전체가 활짝 핀 꽃송이를 방불케 했습니다. 그가 이처럼 환하게 웃어보기는 처음이었습니다.

"고마워요. 난 곧 학교에 다닐 거구 무용서클에도 들 거예요."

활수가 두 선녀를 향해 깍듯이 고개를 숙이었습니다.

해살마냥 환한 웃음이 떠오른 두 선녀의 얼굴이 더욱 아름다웠습

219

니다.

선미와 선려는 흰구름을 타고 다시 하늘로 날아올랐습니다.

시간에 대한 느낌이 남달리 민감한 두 선녀는 한 시간이 거의 지날 때 흰구름과 함께 순식간에 다시 공원으로 날아 내려와 두 선녀 조각상으로 굳어졌습니다.

공원 둔덕의 흰구름을 탄 두 선녀조각상이 두 선녀로 변해 가야금을 타고 노래를 부르자 휠체어를 타고 다니던 남자애가 잠간 새에 성한 몸으로 되였다는 소문이 이 도시에 파다하게 퍼졌습니다. 사람들은 그 말을 믿기 어려워했습니다. 하지만 조각가만은 굳게 믿었습니다.

4

어느덧 한주일이 지났습니다. 오전 9시가 되자 두 선녀조각상은 또 선녀로 변했습니다. 흰구름은 두 선녀를 실은 채 일순간에 하늘로 날아올랐습니다.

"오늘은 누굴 도와줄가?"

선미가 선려를 쳐다보며 물었습니다.

도시를 내려다보던 선려가 섬섬옥수로 북쪽구역을 가리켰습니다.

"언니, 저기에 경로원이 있어. 오늘은 8월 15일, 노인절이잖아. 경로원의 노인들을 도와드리고 싶어."

선려의 말에 선미가 선뜻 응해나섰습니다.

"그러자. 파란곡절을 겪은 노인들을 응당 도와드려야지."

바로 이 때 천만뜻밖에도 소름이 끼치도록 무서운 먹장구름이 그

220

들 앞에 불쑥 나타났습니다.

"너희들이 전번엔 휠체어에 앉은 애를 도와주더니 오늘은 또 경로원의 노인들을 도와주려구? 어림도 없어!"

먹장구름이 선미와 선려를 쏘아보며 거칠게 내뱉었습니다. 다른 구름들은 무심히 흘러갔지만 심술궂은 이 먹장구름만은 누구도 몰래 두 선녀가 하는 일을 지켜보았던 것입니다.

선미와 선려는 격분한 눈초리로 먹장구름을 쏘아보았습니다.

"네가 뭔데 우리의 행동을 막으려 하는 거니?"

"썩 물러나거라!"

"너희들은 도시에서 사는 사람들을 즐겁게 해주는 것을 낙으로 여기지만 난 그렇지 않아. 난 그들에게 고통을 안겨주고 싶어. 난 몇 백배 아니 몇 천배, 몇 만배로 커져 여기 하늘을 꽉 덮을 거야. 한 오리의 햇빛도 지상을 내리비추지 못하게 말이야. 그러면 대낮에도 까막나라에서 헤매며 살아야 하는 도시사람들은 극심한 고통 속에서 허덕이게 될 거야!"

무서운 상통을 험상궂게 일그러뜨리며 이렇게 고아댄 먹장구름은 "핫하하하…" 너털웃음을 터뜨리기까지 했습니다.

도시의 사람들은 누구도 두 선녀와 먹장구름이 다투는 말을 듣지 못했지만 공원의 해묵은 나무 밑에 고개를 쳐들고 서있는 조각가만은 들을 수 있었습니다. 그는 너무도 긴장하여 두 주먹을 꼭 틀어쥐기까지 했습니다.

하늘의 먹장구름이 검은 몸뚱이를 마구 흔들어대더니 바야흐로 커지기 시작했습니다.

선미가 분노의 마음을 담아 재빨리 가야금을 탔습니다.

둥기당당 둥기당…

선려가 한손으로 꽃바구니를 안은 채 다른 한손으로는 놀라운 속도로 커지는 먹장구름을 가리키며 분노의 마음으로 저주의 노래를 불렀습니다.

먹장구름아, 먹장구름아

검디검은 먹장구름아

그 가증스런 몸뚱으로 해를 가려

도시를 암흑천지로 만들려는

네놈의 심보가 먹물보다 더 검구나

네놈을 그냥 내버려둘 수 없노니

티끌만치도 남음이 없어

깡그리 깡그리 사라져버려거라

선미는 박력이 넘치는 가야금가락으로, 선려는 박력이 넘치는 노래로 먹장구름을 규탄하고 질타했습니다. 급기야 커지던 먹장구름이 급기야 줄어들더니 가뭇없이 사라져버렸습니다. 어두워지던 하늘이 다시 밝아졌습니다.

지상의 조각가는 드디여 안도의 숨을 후- 내쉬였습니다.

5

두 선녀를 태운 흰구름은 눈 깜짝할 사이에 경로원으로 날아 내렸습니다. 두 선녀가 한껏 몸을 낮추자 그들은 잠간새에 정상인보다도 더 작은 선녀로 돼버렸습니다. 선미의 가야금도 선려의 꽃바구니도 흰구름도 따라서 줄어들었습니다. 흰구름은 활짝 열린 출입문을 통해 활동실로 날아 들어갔습니다. 8·15노인절을 맞아 경로원의 사업인원들이 노인들을 위해 노래도 부르고 춤도 추고 있었습니다. 명절복을 차려입은 노인들의 옷맵시는 아주 화려했지만 얼기설기 주름이 간 그들의 얼굴엔 그늘이 잔뜩 비껴있었습니다.

흰구름을 탄 두 선녀를 보는 순간 활동실의 사람들은 모두 크게 놀랐습니다. 노래도 춤도 뚝 멎었습니다.

"할아버님들, 할머님들, 놀라지 마세요."

"우린 마음 착한 선녀들이예요."

선려와 선미가 미소 어린 눈길로 놀란 노인들을 둘러보며 상냥하게 말했습니다.

흰구름을 탄 희디흰 두 선녀를 빤히 쳐다보던 노인들의 눈이 점점 더 커졌습니다.

"두 선녀가 어쩌면 공원 둔덕의 두 선녀조각상과 똑같을가?"

"공원 둔덕의 두 선녀조각상보다 많이 작은 것이 다를 뿐이군."

…

"우리가 바로 그 두 선녀조각상이 선녀로 변한 거래요."

"우리가 방금 전에 작은 선녀로 변했거든요."

선려와 선미가 부드러운 어조로 해석했습니다.

노인들이 평온을 되찾자 두 선녀가 살갑게 물었습니다.

"할아버님들, 할머님들, 무슨 소원이 있으세요?"

처음엔 어안이 벙벙해하던 노인들이 너나없이 소원을 터놓기 시작했습니다.

"난 다리가 불편해유. 마음대로 씽씽 걸어다녔으면 좋겠어유."

"난 팔이 불편해유. 마음대로 팔을 놀릴 수 있었으면 좋겠어유."

"난 앉기만 하면 눈부터 내려와유. 아마 기운이 다 빠졌나 봐유. 주책이 없는 소린지는 몰라두 젊었을 때처럼 맥이 솟구쳤으면 좋겠어유."

…

노인들의 소원이 다 제 나름이었지만 한마디로 귀납하면 보다 더 건강하기를 바라는 것이었습니다.

흰구름을 탄 두 선녀는 그윽한 눈을 마주쳤습니다.

이어 선미가 섬섬옥수로 가야금을 탔습니다.

둥기당당 둥기당…

선려가 한손으로 꽃바구니를 안은 채 다른 한손으로 하늘하늘 춤을 추며 노래를 불렀습니다.

산전수전 다 겪으며

허위허위 고생스레 살아오신

할아버님들, 할머님들

이다지도 좋은 세월에

석양노을 황홀하듯이

저저마다 건강을 되찾고

하하하하 즐겁게 웃으며

행복하게 만년을 보내세요

선미가 진지하게 타는 가야금가락에 맞춰 선려가 진지하게 부른 노래는 또 기적을 낳았습니다. 다리가 불편해 지팡이를 짚었던 할아버지가 지팡이를 던지고 넌떡 일어났습니다. 팔이 불편해 웃옷을 바로 여미지 못했던 할머니가 두 팔을 휘휘 내젖더니 번쩍 일어나 옷

224

을 여미였습니다. 앉기만 하면 눈부터 내려온다던 할아버지가 정기 도는 눈으로 사방을 휘휘 둘러보았습니다. 노인들의 얼굴마다에 함 박꽃 같은 웃음이 활짝활짝 피어올랐습니다.

활력을 되찾은 노인들은 사업인원들과 함께 즐겁게 노래를 부르고 춤을 추었습니다.

시간이 거의 되여오자 흰구름을 탄 두 선녀는 살며시 경로원의 활동실에서 나왔습니다. 원 모습대로 커진 그들은 눈 깜짝할 사이에 공원 둔덕으로 날아가 다시 조각상으로 굳어졌습니다.

공원 둔덕의 흰구름을 탄 두 선녀조각상이 두 선녀로 변해 경로 원에 나타나 가야금을 타고 노래를 부르자 아픔자랑만 하던 노인들 이 모두 건강을 되찾고 력사상 제일 즐거운 노인절을 보냈다는 소문이 삽시에 도시에 쫙 퍼졌습니다. 다들 역시 그 말을 믿기 어려워했습니다. 하지만 조각가만은 굳게 믿었습니다.

6

어언간 석달 남짓한 시간이 흘러지나갔습니다. 공원 둔덕의 두 선 녀조각상은 그 사이 일요일마다 선녀로 변하여 많은 사람들을 도와 주었습니다. 두 선녀조각상은 평소엔 굳어져있다가도 일단 선녀로 변하기만 하면 언제나 활력으로 충만되여 있었습니다. 더위도 추위 도 타지 않았습니다.

또 일요일이 되였습니다. 정각 오전 9시가 되자 두 선녀조각상은 또다시 선녀로 변하여 한순간에 흰구름을 타고 하늘로 날아올랐습니다.

"오늘은 도시의 시민들을 다 기쁘게 해드리자꾸나."

선미의 말에 선려가 맞장구를 쳤습니다.

"그래."

선미가 흥에 겨워 힘껏 가야금을 탔습니다. 아무리 힘주어 타도 줄이 끊어질 념려가 없는 가야금이었습니다. 둥기당당 둥기당 가야 금소리가 힘차게 울렸습니다.

선려가 흥에 겨워 목청껏 노래를 불렀습니다.

라라라라라라라라

다들 떨쳐나 노래를 부르세요

둥실둥실 두둥실

다들 떨쳐나 춤을 추세요

선경같이 아름다운 도시에서

행복하고 즐겁게 살면서

노래를 아니 부를 수 없네요

춤을 아니 출 수 없네요

라라라라라라라라

다들 떨쳐나 노래를 부르세요

둥실둥실 두둥실

다들 떨쳐나 춤을 추세요

...

지상입니다. 이 도시의 사람들은 이번엔 누구나 다 하늘에서 울려 오는 흥겨운 가야금가락과 노래소리를 들을 수 있었습니다. 집에서 뛰쳐나온 사람들은 급기야 공원으로 모여들었습니다. 얼마 후 넓디

넓은 공원은 인산인해를 이루었습니다. 하늘에서 울려오는 노래를 몇번 들고난 시민들은 함께 노래를 부르며 덩실덩실 춤을 추었습니다. 그 속엔 뱅글뱅글 돌며 성수나게 춤을 추는 활수도 있고 북과 장고를 치며 신나게 춤을 추는 경로원의 노인들도 있었습니다.

한 시간이 거의 지나갈 무렵에 하늘에서 울려오던 가야금소리와 노래소리가 뚝 멎었습니다. 두 선녀는 흰구름을 타고 일순간에 지상으로 내려와 공원 둔덕의 두 선녀조각상으로 굳어졌습니다. 하지만 흥분의 도가니에 빠진 사람들은 계속 노래를 부르고 춤을 추었습니다…

"그 사이에 이 도시의 많은 사람들을 도와준 것도 오늘 하늘에서 가야금을 타고 노래를 부른 것도 다 공원 둔덕의 두 선녀조각상이 선녀로 변하여 한 일입니다."

조각가가 터뜨린 폭탄소식이 도시석간에 실리자 사람들은 드디여 이 일을 믿게 되었습니다. 그 후부터 이 도시의 사람들은 그들에게 즐거움을 더욱 많이 안겨주고 있는 공원 둔덕의 희디흰 두 선녀조각상을 더욱 경건한 마음으로 우러러보게 되었습니다.

리영철:
1953년 8월 27일 출생. 중국 중앙민족학원 조선어문학학부 졸업. 연변작가협회 회원. 연변인민방송국, 연변인민출판사에서 근무편집, 주임 등 역임. 장편동화 《가가박사와 토토》, 《로로박사와 그의 로봇들》, 동화집 《라라봉의 메아리》, 중편동화집 《다걸》 등 출간. 세계동화문학상, 장백산문예상, 진달래문예상 등 여러외문학상 수상 십여차.

게으름뱅이와 겉치레쟁이 (외 1편)

□ 허두남

이 우화의 주인공은 게으름뱅이와 겉치레쟁이예요.

왜서 본보기 될만큼 훌륭한 사람들의 이야기는 없고 욕심통이나 허풍쟁이 아니면 게으름뱅이, 겉치레쟁이 같은 사람들의 이야기만 들려주는가구요?

제가 한가지 묻겠는데 꼬마친구는 왜서 웃음거울을 즐겨보나요? 전번 일요일에도 아빠와 같이 공원에 갔다가 웃음거울 앞에서 눈이 마주 붙어가지고 웃던 애가 누군데요?

그때 배꼽 잡고 웃는 꼬마친구를 보고 난 친구가 사탕을 매우 좋아 한다는 것을 대뜸 알아봤어요. 어떻게 알았겠나요? 앞니가 빠져서 빠꼼한 '앞대문'을 보고 알았지요.

우습강스러운 인물을 제 작품의 주인공으로 하는 것은 꼬마 친구

228

가 웃음거울을 즐겨보는 것과 비슷해요. 다르다면 꼬마 친구는 그냥 재미로 웃음거울을 보지만 저는 친구들이 즐겁게 웃는 사이에 자신의 몸가짐을 돌아보게 일깨워주는 점이라고 할까요.

말하다보니 제 자랑이 됐군요. 그럼 본문을 계속 할까요?

어느 날 게으름뱅이와 겉치레쟁이가 교수집 서재에 들리게 되였어요.

책장 안에 꽉 찬 책을 본 두 사람은 논두렁 집 왕눈이네 형제처럼 눈이 휘둥그래 졌어요.

"온 집안에 죄다 책이군. 이 따위 종이 뭉테기가 무슨 쓸모 있다고 팔이 아픈데 가득 주어꽂았나"

게으름뱅이가 이렇게 말하자 겉치레쟁이가 어이없다는 표정을 짓고 게으름뱅이를 힐끗 돌아봤어요.

"그게 무슨 소린가? 책은 집을 장식하는 훌륭한 장식품이야. 책장 안에 갖가지 책을 가득 꽂아놓으면 집안이 한결 환해진다네."

"장식품은 무슨 장식품, 집안이나 비좁게 만들뿐이지. 돈 주고 이 따위 폐물을 살게면 술이나 사먹겠네."

"책은 집안을 장식할 뿐만 아니라 주인의 인끔도 돋보이게 하네. 주인이 유식함을 나타내준단 말일세."

게으름뱅이는 책장 안에서 두꺼운 책 하나를 꺼내들고 값을 들여다보더니 숨넘어가는 소리를 했어요.

"자네 이 책 값을 좀 보게. 꼭 맥주 열 상자 값이야!"

"그만큼 책이 좋지 않은가? 보라구. 가위두 비단천으로 만들었지 제목글씨도 금박을 올렸지 얼마나 보기 좋은가? 맨 이런 책만 책장 안에 꽉 채운다면 그럴듯할 텐데…"

게으름뱅이는 다른 책을 하나 뽑아 무게를 가늠하며 말했어요.

"이 책을 들어보게나. 구운 통닭만큼 무겁네. 참, 튀긴 통닭 먹고 싶구만."

게으름뱅이는 입맛까지 쩝쩝 다시였어요.

"자네는 그저 먹는 것 밖에 모르나? 이 한심한 사람아!"

겉치레쟁이는 혀를 끌끌 차면서 게으름뱅이의 어깨를 툭툭 쳤어요.

"이 손 치우게. 무거워죽겠네."

게으름뱅이는 뿌루퉁해서 어깨에 놓인 겉치레쟁이의 손을 탁 밀쳐버렸어요. 그 바람에 겉치레쟁이의 새하얀 와이셔츠 깃을 살짝 다쳤어요.

겉치레쟁이는 대뜸 검으락 푸르락 해서 게으름뱅이를 흘겨보며 욕질했어요.

"젠장, 재수 없이 어디다 손대는가? 옷깃에 때오르겠네."

"그러는 자넨 왜 내 옷에다 손 댔나?"

"이 옷은 비싼 옷이란 말일세. 자네의 싸구려 옷과 같은 줄 아나"

"뭐가 어째?"

"뭐가 어쩌긴 어째~!"

둘은 싸우는 수탉처럼 서로 노려보며 씩씩거렸으나 드잡이는 하지 않았어요. 그도 그럴 것이 맥이 빠지는 싸움을 게으름뱅이가 하려 하겠나요? 그리고 싸우면 옷도 구겨지겠으니 겉치레쟁이 또한 싸우려할 리 없는거구요.

총명한 꼬마친구는 책이 쓸모없다는 게으름뱅이의 말이나 책의 쓸모가 집안을 장식하고 주인의 인끔을 높이는 것이라는 겉치레쟁이의 말이 다 엉터리라는 걸 잘 알거예요. 그럼 왜서 게으름뱅이와 겉치레쟁이는 책의 진정한 가치에 대해서 알수 없을가요

뽐내던 원숭이

원숭이와 곰이 잣 따러 갔어요

원숭이는 나무줄기를 잡자 어느 틈에 거미가 줄을 타고 올라가듯 눈 깜짝 새 나무꼭대기까지 올라갔어요. 그런데 곰은 뚱기적 거리면서 원숭이가 잣알을 똑똑 까서 입가심을 한지 한나절이나 될 때에야 겨우 나무 꼭대까지 올라갔어요.

곰이 조심스레 잣을 따는데 원숭이는 깔깔거리면서 곰을 비웃었어요.

"속담에 느려진 걸 죽은 게 발 놀리듯 한다더니 네가 잣 따는 동작이야말로 꼭 죽은 게 발 놀리는 격이구나! 임마, 그래가지고 한마대씩 들어가는 그 큰 배를 언제 채우겠니?"

곰을 놀려주며 나뭇가지 타고 평지 다니듯 오가던 원숭이는 건너편 나무에 잣을 많은 것을 보고 몸을 훌쩍 날려 건너편 나무에로 건너갔어요

"뚱보야, 너도 여기로 건너오너라. 여기 잣송이 다닥다닥하다."

원숭이가 곰을 건너다보며 소리치자 곰은 고개를 가로저었어요.

"난 자신 없어, 그러다가 떨어지면 큰일 날라구?"

"눈이 작으면 겁이 없다더니 넌 쥐 눈에 겁쟁이구나!"

"방법 있니? 부모가 그렇게 낳아준걸…"

"넌 도대체 능한 것이 뭐가 있니? 황소처럼 미련한데다 토끼처럼 겁쟁이니…"

곰을 빈정대고 난 원숭이는 이렇게 말했어요."

"내가 뛰는 걸 잘 여겨본 다음 나를 본따 뛰여라!

그리고는 원숭이는 훌쩍 뛰어 건너왔다가 또다시 훌쩍 뛰어 건너갔어요

"난 몸이 비둔해서 안 돼!"

그래도 곰이 못 건너뛰자 곰을 손가락질하는 원숭이.

"이, 겁쟁이야, 내 눈 감고도 너보다 낫겠다 봐라, 난 눈 감고 건너뛸게!"

곰은 다급히 말렸어요."

"얘, 위험한 짓을 하지 말라!

"네겐 위험한 짓이겠지만 내겐 요까짓 데를 건너뛰는 건 오줌 싸는 것보다도 더 쉬워!

원숭이는 이렇게 큰소리치고는 눈 감고 몸을 훌쩍 날렸어요.

하지만 날고뛰는 용사라도 장님이 되면 허수아비나 다름 없지요. 원숭이는 건너편 나무가지를 면바로 잡지 못하고 나무에서 쿵 떨어졌어요

아츨한 나무꼭대기에서 떨어진 원숭이는 하늘이 핑그르르 도는 것 같아 한동안 일어나지 못했어요. 그래도 다행히 빨간 엉덩이부터 땅에 닿았기 망정이지 머리부터 떨어졌더면 큰일 날번 했지요.

나무줄기를 타고 급히 내려온 곰은 원숭이의 손을 잡으며 물었어요.

"어디 크게 다치지 않았니?"

그러자 원숭이는 눈을 부라리며 발칵 성냈어요.

"미련둥이 뚱보야, 이게 다 네탓이다!"

"내 탓이라니?"

"임마, 너에게 배워주려다가 떨어졌으니 네 탓이 아니고 뭐냐?"

허두남:

중국 조선족작가, 시인. 「불에 타죽은 여우」 등 소설집, 우화집, 동시집 출간. 세계동시문학상 등 수상 다수.

한국 아동문예작가회 작품특집

동시:

비둘기 걸음마 (외 1수)/ 안종완
봄 내음 (외 1수)/ 박옥주
뜨개질 (외 1수)/ 강지은
바람의 집 (외 1수)/ 고영미
벚꽃은 (외 1수)/ 김선영
기다리기 (외 1수)/ 이경애
1학년 협동 수업 (외 1수)/ 정은미
나무들의 목욕 (외 1수)/ 정현정

창작동화:

내 짝 생글이/ 임옥순

단편동화:

멜로디 벨 두 개/ 진영희

비둘기 걸음마 (외 1수)

□ 안종완

비둘기 걸음마를
본 적 있니?

놀이터에서 만난
할아버지가 묻는다.

예, 종종종 걸어요.
내 대답에

아니오
까딱까딱 걷던 대요
친구의 대답.
그래, 그래,
종종종도 맞고
까딱까딱도 맞아.

놀이터 모래들이
합창으로 대답하니,

할아버지
빙그레 웃으신다.

우리 할머니도

꽃들은
화장하는 일 없지.

잘 보이려고
꾸미는 일도 없어.

있는 그대로
보여줘도

아름답다 아름답다
좋아들 하지, 사람들은.

나에겐
우리 할머니도
그렇다.

안종완:
《월간문학》, 《아동문예》로 동시 등단. 황조근정훈장. 『아름다운 길』, 『체험술술 세계여행』 공저,
『손자님 오시는 날』. 현재 (사)한국아동문예작가회 이사장, 고그래아동문학사랑회 이사, 한국아동문학인협회 이사, 도
봉문인협회 부회장, 문인협회 · 동시문학회 회원으로 활동.

봄 내음 (외 1수)

□ 박옥주

어제 산
분홍 꽃핀
머리에 꽂았더니

나비랑
바람이랑
초대장인 줄 알고 오네.

어디서
모여든 걸까?
가득한 이 봄 내음*.

※내음: '냄새'의 사투리.

둘리가 사는 동네

아기공룡 둘리를 만나고 싶니?
그럼, 우리 동네 등 축제 때 놀러와.

장난꾸러기 둘리,
타임머신을 가진 도우너,
아프리카 귀부인 또치,
똑똑한 아기 희동이,
가수 지망생 흑인 마이콜…

고길동 아저씨네 집에선
티격태격 말썽만 피우더니
우이천 등 축제* 땐
의젓하게 손님을 맞고 있어.

나들이 나온 사람들이
둘리네와 어깨동무하고
기념사진을 찍을 땐
우이천 벚꽃나무도 신나서
연분홍 등을 화악, 밝히지 뭐야.

너한테도 그럴거야!
그러니 우리 동네 등 축제 때 놀러와,
서울특별시 도봉구 쌍문동…*

동네친구 둘리는 내가 소개해 줄게.

※쌍문동: 둘리가 사는 동네, '둘리뮤지엄'이 있다.

박옥주:
2007년 《문학과 어린이》에 동화 「새아버지」로 등단. 동시집 『둘리가 사는 동네』외. 문화체육관광부장
관 표창, 한국잡지언론상, 두봉문학상 본상, 한국문학백년상, 아동문학의날 본상. 40여 년 동안 잡지와 동시집, 동화집
을 출간하고 있으며, 한국문인협회 편집위원, 두봉문인협회 아동분과장, 한국동시문학회 이사, 한국아동문학인협회 이사, 출
판사와 《아동문예》 발행인으로 활동.

뜨개질 (외 1수)

□ 강지인

엄마가 코바늘로 뜨개질한다
외할머니가 남긴 코바늘로 뜨개질한다

외할머니 머리 틀어 고정하던 머리핀이 코바늘일 줄은 상상도 못
했다는 엄마, 외할머니가 남기신 코바늘로 실을 감았다 풀기를 반복
하는 엄마

엄마, 뜨개질할 줄 알아?
외할머니는 왜 코바늘을 머리에 하셨다니!

엄마, 챙 달린 모자 떠주면 안 돼?
엄마는 왜 외할머니 손재주를 안 닮았다니!

좀처럼 모양이 나오지 않는 뜨개실을 내려놓고 코바늘만 뚫어지
게 바라보는 엄마, 오랫동안 외할머니에 대한 그리움을 감았다가 풀
기를 반복하는 엄마.

말랑말랑해지기까지

빵 먹고 싶다는 말에 엄마는
냉동실에서 빵 반죽을 꺼낸다

도대체 언제 먹을 수 있는 거야!

꽁꽁 얼어버린 반죽이
말랑말랑해지기까지

너무 지루해서 지루하기만 한 시간을
견디고 견디다 보면

꽁꽁 웅크리고 있던 반죽이 어느새
기지개를 켜기 시작하고

들이마신 숨을 부풀릴 대로 부풀린 반죽은
참고 있었던 방귀를 빵-빵- 터뜨린다

엄마, 엄마!
빵, 빵!

나는 갑자기 신이 나서 졸고 있던 엄마를 흔들어 깨우고
화들짝 놀란 엄마는 말랑말랑해진 반죽을 오븐에 굽는다

꽁꽁 얼어버린 반죽이
빵이 되기까지

너무 지루해서 지루하기만 한 시간이
말랑말랑해지기까지

강지인
2004년 《어린문예》 신인상 등단. 경기문화재단, 대산문화재단, 서울문화재단 창작지원금 수여. 황금펜아동문학상,
한국아동문학상. 한국동시문학상 수상. 『할머니 무릎 펴지는 날』, 『참꼬대하는 축구장』, 『싱싱도 못했을 거
예』, 『수상한 북어』, 『달리는 구구단』 발간.

바람의 집 (외 1수)

□ 고영미

거미가 살았던 집에
바람이 둥지를 틀었다

꽉 채우지 않아 좋다
하늘 이불도 맘에 든다

식구들 목소리 들리는
처마 밑
빗소리 참 좋다

"학교 가야지."
식구를 깨우는 엄마 목소리에
하루가 따스해진다

주전자

관상을 보아하니
됨됨이는
둥글둥글 넉넉하고
인사성이 밝다.

대접하느라
앉았다 섰다
힘들어도

고개 숙여 반기고
몸을 낮춰 나눌 줄 아니
어디 내놔도 인기겠다.

고영미:
2011년 〈아동문예〉 동시 신인상. 2012년 황금펜아동문학상, 월간문학상 『떡갈나무의 소원』, 『신문 읽는 지구』 출간. 현재 《아동문학평론》, 《동시 먹는 달팽이》 편집위원으로 활동.

벚꽃은 (외 1수)

□ 김선영

겨울을 그리워하는
사람들을 위해

봄날 펑펑 내리는
함박눈이 되기로 결심했어

가을날

산책로에 활짝 핀 억새가

발그레한 노을을 향해
손을 힘껏 흔들어 주었다

손에 들고 있던 홀씨들이
새들을 따라 훨훨 날아갔다.

김선영:

등단: 2008년 《아동문예》 1월 동시 당선. 수상: 한국아동문예상, 경기도문학상본상. 저서: 『바람 빠진 자전거』,
『주렁주렁 복주머니』, 『토닥토닥 책 병원』.

기다리기 (외 1수)

□ 이경애

기다리는 건
참 늦게 와

봄비처럼
첫눈처럼
지난 겨울 둥지 떠난
제비처럼

그래도 괜찮아
오기만 하면.

눈꽃

소나무에 피어도
눈꽃

싸리가지에 피어도
눈꽃

억새 줄기에 피어도
눈꽃.

색깔도 하나
이름도 하나

백두산에도
한라산에도
똑같이 피는 겨울 꽃

눈꽃.

이경애:

단국대학교 대학원 문예창작학과 졸업(아동문학 전공). 월간 《아동문예》 동시, 《현대수필》 수필 등단. 동시화집
『엄마 목소리』, 『그 겨울에 봐』, 『산에 풍선 연구』, 『이경애동시선집』, 『백제의 꿈』,
『여침나라 이야기』 출간. 동요작시 「그 겨울에 봐」, 「꽃구름 자장가」, 「백제의 향기」, 「함께
걸어 좋은 길(초등학교 교과서 수록)」, 대교눈높이문학상. 열린아동문학상. 선사문학상. 한국청소년문화상 본상 등 수상.
현재 한국아동문예작가회. 한국아동문학인협회. 한국동시문학회. 경동문인회 회원으로 활동.

1학년 협동 수업 (외 1수)

☐ 정은미

파리 한 마리가 날아들었다.
윙~ 윙
말벌 같은 소리로 교실 안을 돌아다닌다.

여자 아이들은 꺅~ 소프라노가 되고
남자 아이들은 으, 으~~ 베이스를 반복한다.

한 아이가 공책으로 내리친다.
다른 아이가 옷을 벗어 내리치고
또 한 아이가 빗자루를 휘두르고
또 다른 아이는 눈을 감은 채 대걸레로 마구 휘젓는다.

잡힐 듯
창문으로 쫓아낼 듯,
환호성과 탄성이 떼창이 된다.

파리 쫓아내기,
이만한 협동 수업이 없다.

신문지가 만난 진짜 세상

말, 말, 말만 가득한
신문이 말을 내려놓고
신문지가 되었다.

넘치는 김치통의 국물을 받아주고
고구마, 감자 몸이 시들지 않게 싸주고
깎아 낸 손발톱을 받아주고

신발 속의 고린내를 잡아주고
깨지기 쉬운 것들을 보호하고
잠든 노숙자의 얼굴을 덮어주고

그리고
자신을 태워 누군가의 언 손을 녹여 주었다.

정은미

1999년 《아동문학세상》, 2000년 《아동문예》 동시 등단. 청소년문학상(2002), 오늘의 동시문학상(2016), 열
린아동문학상(2023) 수상, 독서문화진흥 표창장(2018)(국무총리상), 2023년 아르코문학창작기금 지원사업에 선정. 저서
《대지 없는 꽃향기》, 〈오수처럼〉, 〈신문지가 만난 진짜 세상〉.

나무들의 목욕 (외 1수)

□ 정현정

나무들이
샤워하고 있다.

저것 봐
저것 봐

진달래는 분홍 거품이
조팝나무는 하얀 거품이
영산홍은 빨강 거품이
보글보글 일고 있잖아

깨끗이 씻은 자리
씨앗 마중하려고
부지런히 목욕 중이야

온 산이 공중목욕탕처럼
색색의 거품으로 부글거리고 있어.

귀

입의 문
닫을 수 있고

눈의 문
닫을 수 있지만

귀는
문 없이
산다

귀와 귀 사이
생각이란
체 하나
걸어놓고
들어오는 말들 걸러내면서 산다.

정현정:
《아동문예》 동시 등단. 2005년 문예진흥기금 수여. 동시집 『씨앗마중』, 동화집 『청둥오리 겨울』 발간.
중1 국어교과서 「나무들의 목욕」 수록.

내 짝 생글이

□ 임옥순

서정은, 그 앤 전학 온 날부터 별명이 서너 개도 더 붙었다.

'갈래머리, 땅콩, 눈이 큰 애, 생글이, 난쟁이.'

논밭에서 일하다 나온 농부처럼 헙수룩한 옷차림의 아저씨 손을 잡고 교실 앞문에 나타났을 때, 우리는 약속이나 한 듯 자리에서 일어나 고개를 쑥 내밀었다.

"와! 웬 시골뜨기가 왔어."

"애걔, 땅콩만 한 게 눈동자는 제 머리통보다 큰 데."

"난쟁이잖아?"

"아냐, 그런 것 같지는 않은데? 너무 키가 작을 뿐이야."

"촌뜨기 멋 부렸네!"

"쟤 시골 아이 같지 않잖아? 옷도 깔끔하게 입었는걸."

아이들은 한동안 떠들썩거렸다.

"조용히 해요. 오늘은 여러분의 새 친구를 소개하겠어요."

그 이상한 아저씨가 사라지자 선생님은 그 애 손을 잡고 교탁 앞으로 나가셨다. 갑자기 교실 안이 조용해졌다.

"3학년 6반에서 함께 공부하게 된 서정은이어요. 잘 부탁합니다."

그 애는 생글생글 웃으며 옆으로 고개를 살짝 숙였다. 양쪽에 보랏빛 방울을 단 갈래머리가 팔짝거렸다. 폭 팬 보조개가 깜찍해서 난 대번에 정은이가 좋아졌다.

그 애가 인사를 마치자 아이들은 모두 박수를 보냈다. 내가 그렇게 들어서 그런지 박수 소리는 유난히 큰 것 같았다.

"누가 정은이 짝꿍이 되면 좋을까?"

선생님이 여기저기 둘러보며 말씀하시자 아이들은 의자 위에 올라가 까치발까지 해가며 조바심을 냈다. 속마음은 모두 그 아이와 같이 앉고 싶은 모양이었다. 난 속으로 생각했다.

'키도 작고 처음 온 아이니까 맨 앞에 앉히는 게 좋을 터인데. 그렇게 되면 내   짝꿍이 될지도 모르겠는걸.'

4분단 맨 앞줄에 앉은 나는 괜스레 가슴이 설렜다. 그때였다.

"그래, 4분단 맨 앞에 앉도록 해요."

선생님은 그 애를 데리고 내 앞으로 왔다. 가슴이 자꾸 뛰었다. 그동안 내 옆에 앉았던 유리를 힐끔 쳐다보니 골이 난 것 같았다.

"유리는 한 책상 뒤로 물러앉도록 할까?"

선생님 말씀이 채 끝나기도 전에 유리의 귀밑이 빨개졌다.

"싫어요."

"다음 달에 다시 자리 바꿔 줄게요. 새로 온 친구에게 조금만 양보하세요. 정은이는."

"땅콩만 하다고요?"

"무슨 말을 그렇게 하니?"

선생님은 뒷자리로 물러서며 가시 돋친 말을 던지는 유리를 쳐다보았다.

나는 얼른 그 아이의 얼굴을 살폈다. 조금도 싫어하는 표정이 아니었다. 오히려 생글생글 웃으며 교실 바닥까지 끌릴 것 같던 그 큰 가방을 내 책상 옆에서 열더니 서랍 속에 가지런히 정리해 넣는 것이 아닌가!

이튿날 아침 첫째 시간이었다.

아이들은 모두 앞으로 나와 줄지어 서 있었다. 청소 도구를 내고, 일기장과 숙제 검사를 맡기 위해서였다. 4분단 차례였다. 나는 앞에 선 정은이의 공책을 슬쩍 넘겨다보았다. 알록달록 색연필로 줄을 긋고 쓴 글씨가 퍽 깨끗해졌다. 그런데 그 아이의 손엔 우습게도 빨간 고무장갑 한 켤레가 들려 있었다.

"서정은, 청소 도구는 가져왔겠죠?"

선생님이 빙그레 웃자, 그 아이는 손에 들고 있던 고무장갑을 선뜻 내놓았다.

"이게 뭐야?"

"엄마가 주셨어요. 걸레 빨 때 끼고 하랬어요."

"그건 쓰던 고무장갑이잖아?"

내 뒤에 섰던 유리가 톡 튀어나와 한마디 했다.

"괜찮아요. 마침 잘 되었어요. 여름 방학 동안 손질하지 못했던 묵은 걸레를 꺼내어 빨아보려 했는데 오늘은 고무장갑 끼고 깨끗이 빨아 말려야겠군요."

선생님은 오히려 좋아하셨다.

"흥! 별꼴이야."

이번에도 역시 유리의 토라진 목소리였다. 그때였다.

"서정은, 일기장에 낙서하면 못써요. 일기는 마음의 거울인데."

'일기장에 낙서라니?'

나직했지만 꾸짖듯이 힘주어 말하는 선생님 목소리에 난 그 애가 혼날까 봐 공연히 걱정되었다. 그래서 나도 모르게 손톱을 잘근잘근 씹었다.

"정은이는 일기장을 놓고 들어가렴."

수업이 진행되는 동안 그 아이는 아무렇지도 않은 듯이 공부를 했다. 열심히 책을 보고, 선생님이 불러주는 것을 받아쓰고, 처음 전학 온 아이답지 않게 쉬는 시간이면 잘도 돌아다녔다. 그런가 하면,

"내 동생도 너만큼 작은 키에 잘 웃는 남자아이야."

라며 밑도 끝도 없는 엉뚱한 말로 나를 쩔쩔매게 하기도 했다.

'나를 네 남동생 취급하는 거니?'

하고 따져보려 했지만, 생글거리는 그 애 앞에서는 웬일인지 그러고 싶지 않았다.

"서정은, 나와 봐요!"

공부가 끝나고, 칠판에 숙제를 적어 주신 선생님이 그 아이를 불렀다.

'아이고! 드디어 혼나는구나.'

나는 자꾸 죄지은 사람처럼 얼굴을 붉히기까지 했다. 그 애는 사뿐사뿐 걸어서 선생님 책상 앞에 섰다. 그 큰 눈이 더 커졌지만 부끄러워하는 것 같지는 않았다.

"서정은, 책 잘 읽어요?"

"아니요."

"받아쓰기는 잘해요?"

"조금밖에 못 써요."

"큰일이군. 내일부터 1학년 낱말카드 가져와요."

선생님은 비록 작은 소리로 얘기했지만 4분단 앞쪽에서는 잘 들렸다.

"피, 한글도 모르는 게 웃기고 있어! 우리 반 학급 평균 왕창 떨어지겠군!"

유리가 큰 소리로 대뜸 비아냥거렸다. 나는 공연히 얼굴이 붉어지면서 기분이 몹시 상했다. 그 까닭은 잘 모르겠지만 일기장을 받아

들고 여전히 생글생글 웃으며 제 자리로 돌아와 앉는 정은이가 그 때는 얄밉기까지 했다.

'야, 이 바보 멍청이야. 잘 읽는다고 좀 뽐내며 으스대지.'

나는 속이 부글부글 끓었다.

"김민수, 너의 집 어디쯤이니? 난 이목동에 살아."

교문을 나설 때 그 애는 활짝 웃으며 내게 손까지 흔들어 주었지만, 대꾸도 하지 않은 채 돌아섰다. 화가 몹시 나서 아직 풀리지 않았기 때문이었다.

'이 바보야! 한글을 아직 제대로 읽지 못한다고 아이들이 흉보는 것도 모르고, 넌 부끄럽지도 않니? 아무 때나 웃는 걸 보면 넌 속도 없는 거 아냐?'

다음 날 아침, 나는 다른 날보다 늦게 교실에 들어섰다. 슬쩍 교실을 둘러보았으나 그 애는 아직 오지 않은 모양이었다. 고개를 갸웃거리며 자리에 앉아 책가방을 풀었다.

그때였다.

"김민수, 신나겠다. 짝꿍한테 나머지 공부시키려면 꽤 재미나겠는데!"

"땅콩만 하니까 무릎에 앉히고 시켜야겠어."

짓궂은 아이들 몇이 몰려와 말을 걸었다. 그러나 나는 대꾸도 하지 않고 아침 자율학습에 열중했다.

'자식들, 부러우니까 공연히 시비를 거는 거 아냐?'

첫째 시간이 한참 지나서야 뒷문이 소리 없이 열리더니 그 애가 생글거리며 나타났다. 나는 속으로 몹시 반가웠지만, 못 본 체했다.

"정은아, 지금 몇 시인 줄 알아요?"

선생님은 공부를 가르치시다 말고 그 아이를 향해 눈길을 돌렸다.

"9시 50분이어요."

뒷벽에 걸린 시계를 흘깃 쳐다보며 그 애가 또렷이 말했다.

"쳇, 늦게 온 주제에 또박또박 말대꾸하는 것 봐."

유리는 한심하다는 듯 펼쳐 놓은 책을 들더니 책상 위에 탁, 소리 나게 내려놓으며 다른 아이들이 들으라는 듯이 일부러 큰 소리로 말했다.

"내일부터 일찍 와요."

선생님은 한마디 대꾸를 한 뒤 아무런 말씀을 더 하지 않았다. 그러자 그 애는 잠자코 내 옆에 털썩 앉아 첫날처럼 그 커 보이는 가방을 풀었다. 콧등에는 땀방울이 맺혀 있었다.

"낱말카드 가져왔니?"

"엄마가 가져가지 말래요. 1학년 동생 공부해야 한대요."

"뭐라고? 그럼 새 낱말카드 사 와야지!"

"…… ."

"너의 집 전화 있니?"

갑자기 선생님의 목소리가 커졌다.

"예, 243-4634예요."

"아니다. 어머니께 학교로 전화 좀 하시라고 하렴. 선생님이 어머니와 상담을 하고 싶다고 말씀드리렴."

선생님의 목소리는 작아졌지만 분명하여 거역할 수 없을 만큼 단호했다.

선생님은 화가 많이 났는지 그다음부터 그 애를 눈에 띌 만큼 차갑게 대하였다.

나는 친구들 모르게 공부 시간이면 그 아이에게 글자를 한 자, 한 자 짚으며 읽어 주었다. 그럴 때면 정은이는 생긋 웃고 살짝 따라 읽으며 썼다. 곧 잊고 딴소리를 할 때도 있었지만 그 애는 아주 바보는 아닌 것 같았다.

받침 없는 글자는 곧잘 쓰고 읽었다. 국어 시간에 손을 번쩍 들고 일어나 책을 술술 읽어서 선생님을 깜짝 놀라게 하기도 했다. 친구들이 약속이나 한 것처럼 힘껏 박수를 보냈다. 그 애는 좋아서 어쩔 줄 모르는 표정을 짓고, 짝꿍인 나를 쳐다보며 생글생글 웃었다. 나도 덩달아 어깨가 으쓱거렸다.

첫날 아이들의 시샘을 받기는 했지만, 그 애의 인기는 날이 갈수록 더해졌다. 눈총을 주던 유리까지도 시들해져서 정은이에게 따뜻한 눈길을 보내는 것 같았다.

"너 요즘, 정은이에게 친절해진 것 같아."

내가 이렇게 말하자 유리는,

"웃는 얼굴에 침 뱉니?"

하더니 피식 웃었다.

'공부도 못하는 계집 애, 이젠 볼 일이 없어.'

이렇게 생각하는 모양이었다.

그 아이는 그다음에도 지각을 잘했다. 비라도 오는 날이면 한 시간 늦게 오는 게 보통이었다.

"너 또 지각이니?"

"차가 늦게 왔어요."

"집이 멀면 일찍 서둘러야지."

또 다른 지각한 날이었다.

"오늘은 왜 또 늦었니?"

"엄마가 밥을 늦게 해주셨어요."

"뭐라고?"

그 애는 하여튼 좀 별났다. 나 같으면 그냥 입을 다물고 있을 것 같은데 말대꾸를 하며 선생님의 화를 더 불러올 때가 많았다. 그러다가 선생님 목소리가 거칠어질 무렵이면 잠자코 제자리에 와 앉곤 했다.

오늘은 아침부터 비가 억수같이 쏟아졌다. 그런데 그 애는 공부가 시작될 때까지도 나타나지 않았다. 정은이가 또 꾸중 들을까 봐 걱정되어 교실을 둘러보니 다른 자리도 몇 군데 비어 있어 그래도 마음이 좀 놓였다.

그때 뒷문이 스르륵 열렸다. 아이들의 눈길이 그리로 쏠렸다. 뒤집힌 우산을 엉거주춤 든 정은이가 물에 빠진 생쥐 꼴을 하고 서 있었다.

"거울 앞에 수건 있어요. 얼른 닦고 앉아요."

어떻게 된 까닭인지 선생님의 목소리엔 화가 담겨 있는 것 같지는 않았다. 그러나 얼른 달려가 그 큰 가방을 받아주고, 수건으로 젖은 얼굴을 닦아 주고 싶은 용기는 나지 않아 머뭇거렸다. 난 꾹 참았다.

"비 오는 날은 서둘러야지. 또 차가 늦었니?"

축축한 모습으로 내 옆자리에 앉고 있는 정은이 가방을 겨우 받아들며 나는 소곤소곤 물었다.

"차에서는 일찍 내렸는데 맞은편 전자오락실로 들어가는 우리 반 애들을 뒤쫓다가 늦었어."

"뭐라고?"

"나를 보더니 숨어버려 늦은 거야."

"무슨 얘기니? 공부 시간에."

선생님의 눈길이 날카롭게 쏘아보고 있었다. 나도 모르게 벌떡 일어났다. 선생님은 한동안 나를 쳐다보았다.

"선생님, 정은이는 전자오락실에 들어간 우리 반 애를 뒤쫓아 가다가 늦었대요."

"무슨 소리야?"

선생님은 믿을 수 없다는 듯이 그 애를 쳐다보았다. 그런데 그 애는 책상 속을 뒤적거리더니 젖은 수첩을 꺼내 들고 선생님이 서 있는 칠판 쪽으로 걸어갔다.

"벌써 다섯 번째예요. 선생님께 일러바칠 생각은 없었는데 내 충고를 끝까지 받아들이지 않았어요."

이 일이 있은 뒤부터 선생님은 그 애를 보는 눈이 조금은 달라진 것 같았다.

정은이 실력도 하루가 다르게 부쩍부쩍 늘었다. 이대로만 계속하면 '꼴찌'라는 비웃음을 듣지는 않을 것 같았다.

'모두 내 공이 아닐까?'

나는 괜스레 기분이 들떴다.

어느 날이었다.

"정은이는 왜 받아쓰기 숙제 안 했니? 일 년 동안 3학년을 더 배울 생각이니?"

선생님이 묻자 그 애는,

"시험공부 하느라고 바빠서요."

표정 하나 변하지 않고 심각하게 말했다.

"시험공부?"

어처구니없다는 표정을 짓고 바라보는 선생님의 모습을 보자 그 애는 좀 억울한 듯 울먹였다.

"어젯밤 11시까지 문제집 한 권 다 푸느라고 일기도 못 썼어요."

선생님이 짜증 섞인 목소리로 꾸중을 하였다.

"답안지를 그냥 베끼면 뭐 하니? 넌 받아쓰기 공부가 시험공부보다 더 급해. 그리고 너, 엄마한테 전화 한번 거시라고 하니까 왜 말 안 듣니? 선생님이 몇 번씩 편지를 보냈는데 답장도 받아오지 않고."

“우리 엄마 글자 몰라요!”

“아빠는?”

“엄마랑 싸우고 집을 나갔어요.”

“무슨 소리야?”

“돈 못 벌어 온다고 엄마가 집에서 쫓아냈어요.”

그 애의 입에서는 거침없이 얘기가 술술 풀려나왔다.

“정은아, 쓸데없는 얘기 하지 말고 묻는 말에만 대답해요.”

선생님은 그 아이를 가까이 불러 세웠다.

“왜 엄마는 전화 한번 안 해 주시니? 네가 말씀드리지 않았구나!”

그때서야 그 아이는 머리를 긁적거리면서 무슨 얘기를 할 듯 말 듯 머뭇거렸다.

“빨리 얘기해 봐. 엄마가 돈 버시니?”

“예, 옆집에 가서 빨래해 주고, 밥해주고 돈 받아와요.”

“그러니? 너희들 아침밥은 누가 하지?”

선생님의 목소리가 한결 부드러워졌다.

“바쁠 때는 제가 해 먹고 다녀요.”

“이제 보니까 너는 참 효녀구나. 엄마는 밤에 몇 시에 돌아오시니? 늦게라도 전화 좀 드려야겠구나. 우리 정은이 착한 아이라고.”

“선생님!”

“왜?”

그 애는 자꾸 머뭇거렸다. 칠판에 적힌 글씨를 적으며, 숨죽여 듣던 나는 가슴이 콩닥콩닥 뛰어서 차마 고개를 들 수가 없었다.

“우리 엄마, 벙어리어요!”

“뭐라고?”

선생님의 외마디 소리가 귓가를 맴돌았다.

나는 그만 쥐고 있던 연필을 마룻바닥에 툭, 떨어뜨리고 말았다.

멀리멀리 창밖 하늘이라도 바라보지 않으면 금방이라도 왈칵 눈물

이 쏟아질 것만 같아 눈길을 돌린 채 자꾸 깜빡거렸다. 선생님의 외
마디 소리에 그만 똑바로 바라볼 수 없었기 때문이었다. 그냥 숨이
멎어버릴 것처럼 답답하고, 콱 막혀버리는 것만 같았다.

　누구에겐가 간절히 기도하고 싶었을 뿐이었다. ♣

임옥순

『아동문예』 동화, 『수필과 비평』 수필 등단. 세계동화문학상, 수원 문학상 대상, 한국아동문예상 등 수상,
한국문인협회 회원, 아동문예 임원, 에세이프레 운영이사, 수원문인협회이사, 경기아동문학회 고문, 기간문예작가회 이사,
어린이문화진흥회 이사. 저서: 창작동화집 《아프면서 크는 아이》 외 5권, 장편동화집 《칠공주집 칠순이》
《장구신동 꼬맹이》 외 6권, 수필집 《나는 가을이면 집시가 된다》, 《나락놓기 연습》, 신앙간증집 《나를
만나주신 하나님》

멜로디 벨 두 개

□ 진영희

　엄마는 잠만 잤어요. 전화기도 꺼놓고요. 나한테만 점심을 먹이고는 또 자요. 준수 장난감을 조몰락거리던 나는 벌떡 일어났어요.

　열한 밤을 자면 유치원 재롱잔치가 있는 게 생각났거든요. 아, 이모네서 한 밤을 잤으니까 이젠 열 밤이에요. 여섯 살 으쓱으쓱반은 멜로디 벨을 들고 음에 맞추어 캐롤송을 연주하기로 되어있어요. 나는 세 번째 음이 나올 때 두 손을 올려 흔들어야 해요. 유치원을 결석해서 혼자만 틀리면 창피하잖아요.

　"엄마! 나팡팡 해요."

　엄마를 흔들어 깨웠어요.

　"응? 라팜팜, 캐롤송?"

　엄마가 잠깐 나를 쳐다봤을 때, 나는 두 손에 멜로디 벨을 쥔 것처럼 흔들어 보였어요.

"재롱잔치에 못 갈 텐데."

그 말만 하고 엄마는 또 자요. 아빠와 다툰 엄마가 어제 나를 데리고 엄마의 언니인 청주 이모네로 왔어요. 나는 은서와 싸워도 다음 날이면 바로 친해지는데 어른들은 왜 안 그런지 속상해요.

"치이, 엄마는 잠만 자러 왔어!"

나도 엄마 옆에 누웠는데 잠이 안 왔어요. 화만 났어요.

다시 일어나서 가방을 뒤졌어요. 멜로디 벨이 하나밖에 없어요. 집에서 빨리 나오느라고 하나를 빠뜨린 게 틀림없어요. 현관문을 밀고 나오자 마당 한쪽에 강아지 두 마리가 있었어요. 어제는 왕왕 짖던 녀석들이 얌전히 앉아서 꼬리를 한 번 들었다가 내렸어요.

북 치는 소~년, 음 나팡팡**팡!**

그렇게 한 것 같아요. 유치원에서 연습이 시작된 지가 한참 되었지만 친구들과 장난하느라 그 정도밖에 몰라요. 이럴 줄 알았으면 열심히 할 걸, 속이 막 상해요. 한 손에만 멜로디 벨을 들어서 그런지 연습하는 느낌이 시원치 않았어요. 어쨌거나 '팡'에서 손을 올리는 건 맞아요.

나팡팡**팡!** 나팡팡**팡! 팡팡팡!**

손을 아무리 뻗어도 하나로는 금방 시시해졌어요. 멜로디 벨은 역시 양손에 다 쥐고 흔들어야 되나 봐요.

딸랑딸랑, 벨소리 때문인지 엄마가 거실로 나오는 걸 곁눈으로 보았어요. 나는 못 본척했고요. 계단에 쪼그리고 앉았는데 햇볕이 들어와 따뜻했어요. 하나라도 잃어버리지 않으려고 바지 주머니에 멜로디 벨을 잘 넣었어요. 강아지가 졸고 있었어요. 바라보던 나도 아함, 하품이 났어요. 그리고 눈이 스르륵 감겼어요.

준수가 나를 깨워서 일어났는데 준수 방이었어요. 이모가 벌써 퇴근했나 봐요. 준수는 장난감을 한 개 들고 나갔어요. 방에서 나와 살며시 안방 문을 열어보던 나는 발걸음을 멈추었어요.

"회사는 어떡하고! 아프다는 핑계도 하루 이틀이지."

이모 목소리가 화난 것 같았어요.

"인제 안 한다고 했다며! 한 번만 더 용서해 봐."

"어떻게 믿어."

엄마 목소리도 싸울 때처럼 커졌어요.

"현제 듣는다, 쉬~"

이모가 방문 쪽으로 고개를 돌리다가 나와 눈이 딱 마주쳤어요. 아빠가 큰 잘못을 했나 봐요. 입술을 깨물었는데도 눈물이 나오려고 했어요.

"깼어? 아이고 우리 착한 현제, 엄마가 몸이 좀 안 좋아서 며칠 쉬다가, 집에 갈 거야."

"안 갈 거야, 아니, 못 가!"

엄마가 두 손을 눈으로 가져가며 아이처럼 고개를 숙였어요. 우는 것 같아요.

"현제 생각을 해야지, 유치원 가고 싶어서 재롱잔치 연습도 한다며?"

이모가 그걸 어떻게 알았는지 몰라요. 거실에서 이모부가 현제야, 하고 불렀어요.

"엄마는 내가 달랠 테니까 가서 놀아. 괜찮아, 걱정 말고."

이모가 어깨를 툭툭 치며 나를 거실 쪽으로 밀고 방문을 닫았어요.

준수는 이모부와 말타기를 하고 있었어요. 우리 아빠 생각이 났어요. 체육공원을 아빠의 목마를 타고 한 바퀴 도는 거에 비하면 말타기는 아무것도 아니에요.

"둘 다 타!"

나는 얼른 준수 뒤에 탔어요.

"와아!"

이모부는 정말 힘이 센 것 같아요. 거실을 두 바퀴 돌고는 셋이 바닥에 누웠어요.

이모부가 나를 덥석 안아서 두 발바닥 위에 올려놓고 높이 쳐들었어요. 어지러우면서도 기분이 좋아졌어요.

"아빠, 나도!"

준수도 높이 올라서서 까르륵거리다 내려왔어요.

"울리 아빠야!"

준수가 이모부한테 찰싹 달라붙으며 으스댔어요.

"나도 아빠 있어!"

"근데 왜 같이 아왔어?"

"우리 아빠… ."

뭐라고 말해야 될지 아주 잠깐이지만 머리가 깨질 듯이 생각했어요.

"바빠! 엄청 바빠 우리 아빠는."

그리 둘러댄 나는 다시 엄마에게 갔어요. 그 사이에 이모는 저녁상을 차리고 엄마는 식탁 의자에 앉아있었어요. 엄마에게 아빠와 통화하게 해 달라고 졸랐어요. 대답 대신 엄마는 그냥 나를 안아주기만 했어요. 한 살 어린 준수 앞이라 나는 기분이 좀 상했어요. 유치원에서, 칭찬받은 내 그림 위에 은서가 우유를 쏟았을 때만큼 속상했어요.

저녁을 먹고 모두 거실에 모여 TV를 보고 있을 때, 나는 엄마 몰래 전화기를 들고 안방으로 갔어요. 식탁 위에 있는 걸 봐 뒀거든요. 전화기는 꺼져 있었지만 켤 줄을 알아요. 1번을 길게 누르면 아빠 전화, 그것도 알고 있어요. 아빠가 여보세요! 했어요. 왈칵, 눈물부터 났어요. 열 밤쯤 아빠를 못 본 것 같아요.

"아빠!"

"현제야!"

아빠와 나는 동시에 말했어요.

"아들! 어디야?"

"준수네 집!"

"어, 그랬구나. 엄마가 전화기를 꺼 놔서 아빠 몰랐지."

"그런데, 아빠! 멜로디 벨 있어요?"

"응? 그게 뭔데?"

"나팡팡 할 때 이렇게 이렇게 흔드는 거!"

"글쎄, 그게 뭔가."

아빠는 아무리 얘기해도 모를 것 같았어요. 답답한 나는 주머니 속에 있는 멜로디 벨을 꺼냈어요. 그리고는 전화기에 대로 마구 흔들었어요.

"종소리 같구나."

"응, 작은 종 있어. 초록색, 반짝반짝 해."

"초록색? 아, 네 방에서 본 거 같아. 그게 네가 찾는 거니?"

"응, 멜로디 벨."

잠깐만! 이라고 말하고는 아빠 목소리가 안 들렸어요. 나는 발을 동동 굴렀어요.

언제 들어왔는지 엄마가 우뚝 서 있었어요. 전화기를 떨어뜨릴 뻔할 때 아빠 목소리가 흘러 나왔고요.

"찾았다, 초록색 멜로디 벨!"

나는 대답도 못 하고 놀라서 전화를 끊었어요.

"하나로는 안 되잖아! 두 개가 있어야 되는데!"

나는 엉엉 울었어요. 일부러 크게 소리 내며 울었어요.

다음 날, 이모네 식구는 회사로 유치원으로 가느라 엄마와 나만 남았어요. 오후가 되자 엄마가 낮잠을 자지 않고 나를 데리고 밖으로 나갔어요.

"현제야, 이 동네 참 좋지? 공기도 맑고 경치고 아름답고."

구름이 걸려있는 산이 예쁘기는 했어요. 그렇지만 놀이터가 안 보였어요.

"난 우리 동네가 더 좋아. 친구도 있고 엄지유치원도 있고."

'또 아빠가 있잖아.' 그건 속으로만 생각했지 말로 하지는 않았어요. 한참을 걸어서 간 곳은 시장이었어요. 우리 동네 큰 마트와는 달랐어요. 길가에 물건이 죽 늘어져 있었어요.

여러 가지 채소와 과일이 있었고 꼬물거리는 작고 귀여운 강아지도 박스 안에 담겨 있었어요. 내가 강아지 앞에 쪼그리고 앉으려 하자 엄마가 잡은 손을 당겼어요. 약국 앞을 지나니까 생선가게가 나란히 있었어요.

"저거, 아빠가 좋아하는 거다!"

나는 우리 동네 마트에서 엄마가 잘 고르던 배가 홀쭉하고 길게 생긴 생선을 보며 말했어요. 아차! 엄마가 싫어할 말을 했다는 걸 알았어요. 엄마가 나를 잡아끌고 다른 곳으로 갔어요. 그렇지만 돌고 돌다가 다시 가서 그 길쭉한 생선, 생태 두 마리를 샀어요.

이모네 집에 돌아와 찌개를 끓이는데 집에서 자주 맡던 냄새가 나는 거예요. 아빠 생각을 안 하려고 했지만 찌개 냄새 때문에 마음대로 안 돼요. 그렇지만 엄마가 아무 걱정 안 하게 해주고 싶었어요.

"엄마, 나 아빠 안 보고 싶어."

엄마 눈이 잠깐 떨렸어요. 입도 스마일이 아니고 완전 꼭 다물었어요.

아무 말도 않고 국자에 국물을 떠서는 후, 식혀서 내게 먹어보라고 했어요.

짱! 하고 양손 엄지손가락을 치켜들었는데도 엄마는 기뻐하지 않았어요. 나는 팔을 벌려 엄마의 다리를 안았어요.

"완전 짱! 엄마, 나 아빠 생각 안 나! 하나도 안 나."

한참 동안 엉겨 붙은 나를 엄마가 떼어냈어요. 그리고는 비밀 얘기를 할 때처럼 얼굴을 낮추었어요.

"우리, 라팜팜팜 한번 해 볼까?"

분명 엄마가 그리 말했어요. 나는 온몸이 붕 뜨는 것 같았
어요.

"계이름 알아? 도레미파솔라시도로?"

나는 고개를 가로저었어요. 어떡해요, 이렇게 멀리 올 줄
모르고 유치원 가방을 안 가지고 왔잖아요.

"컴퓨터로 알아보자!"

거실 한쪽에 있는 컴퓨터 앞으로 가서 엄마는 검색을 시작
했어요. 나도 까치발을 하고 화면을 보았어요.

"캐롤송은 있는데 계명으로는 안 나오네, 어떡하니?"

엄마가 한참 악보를 찾고 있을 때 이모가 준수를 데리고 들
어왔어요.

엄마는 급히 컴퓨터를 껐어요. 그렇지만 화면 여러 개를 없
애는 데는 시간이 조금 걸렸어요. 이모가 벌써 다 봤을 거예
요.

"도레미파 없어요."

나는 부끄러운 일을 하다가 들킨 것 같아서 그렇게 말했어
요. 이모가 준수를 욕실로 밀었어요.

"현제 얼른 집에 가야겠다. 라팜팜팜 배우려면."

"나빠빠 배우."

준수가 손을 닦으러 들어가며 입술을 오물거렸어요, 무슨
말인지도 모르면서요.

"현제가 자꾸 아빠 안 보고 싶다고 일부러 그러잖아."

엄마는 창피하게도 그렇게 말했어요. 나도 가만있을 수가
없었어요.

"아빠 안 보고 싶어, 집에도 안 가고 싶어!"

이모를 쳐다보지 못하고 나는 화분을 보며 얘기했어요.

"거짓말 아니고 진짜로?"

이모가 내 머리를 쓰다듬는 게 아니라 비비면서 헝클었어요.

입이 삐뚤거려지면서 울음이 쏟아지려 했어요. 거짓말하면 무서운 꿈 꾼다고, 그래서 오줌 쌀지도 모른다고 유치원 선생님이 그랬거든요.

그때, 강아지들이 컹컹 짖었어요. 조금 있다가 딩, 동! 벨소리가 났고요. 이모가 현관문을 열었을 때, 나는 놀라서 뒤로 넘어질 뻔했어요.

"맛있는 냄새 따라왔습니다."

아빠였어요. 아빠가 왔어요. 차를 우리가 갖고 왔는데 어떻게 왔나 몰라요. 나는 정신없이 달려가 아빠에게 안겼어요.

"금방 아빠 안 보고 싶다고 하던 녀석이!"

이모는 어이가 없다는 듯이 아빠와 엄마를 번갈아 보았어요.

"배달 왔습니다, 멜로디 벨!"

아빠는 한 손으로는 나를 안고 다른 한 손으로는 멜로디 벨을 흔들었어요.

"메이요디베, 왔어!"

준수가 물기를 제대로 닦지 않은 손으로 손뼉을 쳤어요.

"아빠! 엄마가 싫어하는 거, 인제 하지 마."

나는 멜로디 벨을 받으며 다리를 뻗어 아빠에게서 내렸어요.

"안 해, 엄마한테도 진짜로 안 한다고 했어!"

아빠의 대답에도 엄마는 쌩, 안방으로 들어갔어요. 간지럼이라도 태워 엄마를 웃겨야 해요.

"아빠! 빨리 엄마한테 가아. 간지럼 태워, 그럼 웃잖아."

"으응!"

아빠가 엄마를 따라 들어갔어요.

"현제 다 컸네! 의젓하다."

이모가 나를 칭찬했어요.

"그럼, 완전 형아야!"

어느새 이모부도 현관 안으로 들어와 말했어요. 이모부가 나를 안으려 하자 준수는 입을 삐죽거리며 이모부에게 안겼어요. 나는 손을 씻으러 욕실로 갔어요. 그리고 주머니에 있던 멜로디 벨을 꺼내어 양손에 하나씩 쥐었어요. 까치발을 하면 거울 속에도 멜로디 벨을 든 아이가 있어요.

나는 두 손을 쭉 뻗어 올렸어요. 가슴이 쿵쿵 뛰었어요. 나 팡팡**팡!** 하고 멜로디 벨을 흔들었어요. 소리가 하나일 때보다 훨씬 힘차고 예쁘게 들려요. 내 입이 쭈욱 길어지다가 양쪽 입꼬리가 싹, 올라갔어요.

진영희:

2004년 《아동문예》 동화, 2007년 《월간문학》 청소년소설 등단. 제4회 황금펜아동문학상. 저서 『ㅋ 크는 별』 (세종도서 선정), 『엄깨 하늘 보기』 (한국문예진흥기금 수상), 『푸른 섬 썽썽이』 (한국동화문학상) 수상, 청소년소설집 『노란모룽이』 발간.

다른 풍경선

최룡관   박문희   전병칠   박장길   방미화

허동식   윤청남   김승종   한영남   김경애

최룡관/ 욕망의 노래 (외 2수)

박문희/ 공룡왕국의 새 전설 (외 2수)

전병칠/ 새김질 하는 낙조에 말을 걸다 (외 2수)

박장길/ 풀밭 (외 2수)

방미화/ 달이 흐른다(외 2수)

허동식/ 바람 부는 날·1 (외 4수)

윤청남/ 손자를 얻고 (외 2수)

김승종/ 새벽 (외 1수)

한영남/ 바람은 타르초로 경전을 읽는다 (외 3수)

김경애/ 불나방 (외 1수)

◎ **편집자의 말:**

「다른 풍경선」은 중국 조선족시단에서 활약하고 있는 각이한 유파의 대표적 시인들의 秀作을 가려 뽑아 선정함으로써 신형 유파인 「복합상징시」와 구별되는 특점을 가지고 있다.

욕망의 노래 (외 2수)

□ 최룡관-(연변하이퍼시 창시인, 원로시인)

욕망은 귀신
대가리 열개 히히 돌아가며
태양을 부시어 이밥을 짓고
열개의 팔을 휘두르며
하늘 아가리 속 구름 꺼내여
대지에 널어 말리운다

글자도 욕망의 귀신
입으로 젠탕 거짓말 폭포를 쏟나내고 손으로 젠탕
신기루 띄우고 발가락으로 젠탕 빵을 만들어 팔아먹는다

바다 산맥 따라
스키가 늑대 되여 함박눈을 질주 한다

두만강.1
―허동광사진사의 사진에 부쳐

당신은 구불거리는 은하수 가지
여기 떨어져
하얀 꽃들을 피운다

봉우리 물결 즉치는 군함터빈의 우렁찬 노래

당신은 채색의 우뢰
눈물로 하늘을 닦아주고
참대 비로 해살을 쓸어오는

당신은 신선 도끼
팡팡 산을 찍어
한 덩이는 오른쪽에 한덩이는 왼쪽에

당신은 아침 태양
모지라질 줄 모르는 붓 휘둘러
그제도 어제도 오늘도 광고

연길강 속사

토끼가 두 귀를 쫑긋 세우고 서있다
하얀 갈매기 날개 파릉거린다
가물거리는 별들
귀바퀴에 가득 내려와 눈알 까먹는다

홀드의 망망한 호수에서
물고기 구름들
물속을 휘휘 돌아 눈에 복살 올린다

뫼들 바다 향하여 뛰어가고
호수들 하늘 위에 누워 헐떡인다

공룡왕국의 새 전설 (외 2수)

□ 박문희-길림신문사 전임총편, 중견시인.

억년 잠에서 깨어난 티라노사우루스[1] 형제 대낮 닮은 연길 밤 골목에 출몰한다는 뉴스 전파 타고 온 세상 들었다 놓는다. 드디어 악어와 거북 한 무리 거느리고 거대초롱 탈출 시도했다는 항간의 무시무시한 소문. 천만 시청자들 눈이 금새 반짝 빛난다.

구경꾼들 사각팔방에서 모이나니 관광버스 둥둥 북채 팅겨라. 열 혈 유객들 가슴팍 끓어 번지는데 지지 두두[2] 청무(請舞) 받아 왕국 의 넓은 홀은 일순 춤판으로 바뀌고 저녁노을에 중독되어 걸음 빨 라진 가을천장에서 빈주 어울려 멋진 블루스 밟고 있다.

기우뚱한 언덕에 기대여 발톱으로 건반 두드리는 공룡 어느 계절 골짜기에 지은 보금자린지 어둠과 한낮 복판에서 막걸리 두어 잔 나누는데 커피숍 냉면옥 보신탕 떡국집 즐거운 비명소리 시 때 없 이 밤거리 낮 골목에 메아리친다.

허공 밖으로 웅자 드러낸 친구 억겁의 인연 딱지 떼는 노래. 귀맛 상큼한 앵커 다듬이질 소리로 향풍에 푹 전 초가을 풍경 알리자 얼 룩덜룩 세월 뒤로 예쁜 현줄 튀긴 만수국 늦을세라 빠알간 이파리 흔들어대누나.

----

[1]티라노사우루스: 공룡의 한 갈래로, 대표적 육식공룡임.

[2]지지(吉吉), 두두(豆豆): 중국 연길공룡왕국 풍경구 마스코트.

도 전

천도복숭아 질근질근 씹으며
하느님과 바둑 한판 둔다

굽고 볶고 지지고 찌는 세월의 담금질
무량억겁의 조화질서 겪은 무소불위의 패기로
천길폭포 억수방아 찧는 저 내두산 젖꼭지에
가벼운 모험 한번 걸어본다

세월이 옷고름 푸는 소리
밀실에서 광장을 지향한다
시간여행바퀴 잡아타고
허위허위 전설 속을 돌아본다

밤하늘에 그물 늘여
부스럭 별 한 구럭 구워먹으며
손자병법에 버금가는 기상천외 모략으로
기후이변 응어리 풀어내는 순간
멍든 천당 백년 포말은 터지고...

멍청해있는 하느님 재촉해가로되:
여보 당신 말 쓸 차례라니!

수 석

은하 흐르는
까만 하늘아래
은총 따가운 자갈밭
민낯들 모여
수런수런 수다 펴는데

돌꽃 한 송이 반짝
별을 켰구나!

바람 구름 가람
억겁 두고 흐르며
씻고 할퀴고 먹고 뱉고
함부로 밟고 가는 하늘 땅 사이
천고의 강산
구슬로 갈고닦아

청록, 파랑, 연두, 초록으로
주황, 보라, 빨강, 노랑으로

시리고 따갑게
피워냈구나!

새김질하는 낙조에 말을 걸다 (외 2수)

□ 전병칠-연변시인협회 회장

누구의 몸부림입니까
물컹물컹 씹어 삼킨 시간을
산릉선에 길게 피로 토해놓고
새김질하는 낙조

동산에서 깃을 치던 고운 몸짓
무슨 광란 여태 잊지를 못해
어기영허기영
하늘을 들어 올리려 합니까

덩그러니 무덤으로 남아
장미의 향기 뿜을 희비의 편린들
얼마만큼의 미련 아직도 남아
하롱하롱 넋두리하고 있는 겁니까

목마른 바람이
별을 깨우며 술래를 합니다
풍악을 울리며 사뿐사뿐
님이 꽃길을 밟으며 오고 있습니다

기러기 한마리

아침
거울을 마주하고 서니
이마 우에 기러기 한 마리
긴 날개를 펼치고 날아가고 있었네

유유히 흐르는 시내물 없고
먹이 씨앗 하나 없는
내 좁다란 이마에서
기러기는 뭘 먹고 자랐을가

야금야금
햇병아리 같던 내 동년 먹고
넙쩍넙쩍
청초 같던 내 청춘 그리고 중년 삼키며
세월 속에 자란 기러기

이마를 쪼프려 보지만
기러기 날아가지 않네
우여! 하고 쫓아보지만
기러기 움직이질 않네

끼룩끼룩 기러기
내 이마 우에서 우네
잠자리날개 같던 노을빛이
질벅하게 내 가슴 적시네

281

와송

한포기 뉘앙스가 서있다
캡션이 없다

바위솔이 기와 우에 자리를 틀고
와송이란 이름으로
꿋꿋이-
디아스포라 허리를 펴고있다

한 학자는
와송이 곧 바위풀이라 하고
다른 한 학자는
와송은 바위풀이 아니라고 한다

얼비치는 그림자
그 무게를 담당하기에는
저 여린 와송이 어깨가
너무 가냘퍼 보인다.

풀밭 (외 2수)

―풀향기는 사람을 거뿐한 기분으로
  분발하게 한다고 한다

□ 박장길-중견시인

아득한 들끝에
빈집처럼 걸려있는 하늘 아래

끝없는 공간이 아니라
끝없는 시간처럼 한없이 이어져
내게 밑줄을 그은 풀밭이
해살을 자잘이 부수고 있다

구름그림자 지나가면 더 푸르러 오르는
풀밭에 해살이 은빛으로 출렁인다

중천에 지저귀는 새들이 신을 향해 날며
하늘을 쥐었다 폈다 재롱질 할 때
해살은 은빛으로 재잘거린다

나비는 낮달이 쉼표같이 찍혀있는
풀잎하늘 팔랑이며 날개로 바람을 읽는다

나를 읽으면서는 어떤 생각했을까

바람을 흔드는 꽃잎이 다칠가
발을 옮기기가 두려운
잔디밭은 먼 곳이 더 소담스러워
봄으로 부활한 들판만큼 눈이 커졌다

령혼과 가장 가까운 파랑색
고요한 평화로움이 일어
풀향기 마시며 하루를 썼다
희망앓이 하던 가슴이 새뜻해졌다

생각 많은 가슴같이 흐르는 강을
우련 붉은 노을이 건너가고 있다
노을 속으로 강이 건너가고 있다

저문 길

그리움 말아 긴 담배 붙여물고
한 마리 고독한 벌레가
기어 올라가는 것 같이
담뱃재 아슬아슬 타들어가도
망연자실하고만 있다

자식들은 부모보다 시대를 닮아
혈육의 끈을 낚시줄같이
가느다랗게 이어놓고

안해도 타국 멀리 리별하고
거리를 지나는 한명 한명에게서
그 사람을 떠올리며
창연함을 금할 수 없어한다

찾아오는 소식은 친구들의 부고
세월의 저 너머에서
소년소녀들만 눈앞에 보이고…

혈기방창 좋은 때에는
노래를 적당히 잘못하며
몸을 우쭐거려 춤도 추어
모두 다 터뜨려 웃었다

고향의 오후에 만난 우중충한 노인

노력을 태우며 가정을 끌고온 등이
낡은 지붕으로 휘여지고
절벽같은 외로움으로
하염없이 서글퍼서
눅눅한 담배를 더 깊이 빨아
시월을 삼키고 내뿜는다
꿈의 무덤우에 흩날리는 허무혼

시월을 베여먹은 잎들이 떨어져
하늘이 환하게 열리고
락엽이 수놓은 길을 거닐 때
발끝엔 허무만이 채이고
죽음이 다가오는 소리 들렸다

하루를 벗어 벽에 걸고

하루를 벗어 벽에 걸고
쏘파에 피곤을 기대고 앉았다
손바닥에 피곤을 하품으로 내뿜는다

무엇이 여기까지
이 몸을 운전해서 왔을가
무엇을 하려고 이 세상에 왔을가
여태까지의 과정은 지금이다
지금부터의 과정은 어떠할까?

륙십넷의 세월을 껴입은
옆구리에 커다란 공허가 뚫린다

가을을 익힌 포도알을 빨며
햇볕은 반짝이다 땅을 떠나
인류의 공동마당 하늘에 올라갔다

하품 나게 오래 살고 싶지만
누구나 나이는 먹고 싶지 않아서
아무리 팔매를 쏘아도 죽음에 맞지 않는다
무덤은 배고파 언제나 기다린다

어깨에 얹혀있는 고단함을

주물러주는 손에 힘이 쥐여있지 않다
—사랑하거든 결혼하지 말라!
희대의 진리에 입을 모은다

방긋이 자신있는 미소를 짓고
내가 집을 지을 때 가정을 지은 안해
아름다움은 다했으나
훌륭함은 다하지 못한 사람

결혼은 진정 괴롭히고 싶은
특별한 사람을 찾는 것인가
다름을 즐기는 법을 배우며
부부가 한마음 되는 게 부자인 것을!

하루의 노동을 벗어 내려놓고
고단한 하루를 누워
깊은 수면으로 곤한 무게 내려놓으면

조용히 옆에서 하루를 내린다
이 세상도 같이 닫고 싶다

달이 흐른다 (외 2수)

□ 방미화- 연변동북아문학예술연구회 회장

바람꽃과 교배한 수리개 한 마리
유기농   알 까놓고
하늘 10번가 100번지 1000호
산후조리원 입원 순서 기다린다
천년 만에 모유 수유 끊은 백색 고래
땅 속 해수욕장에 때밀이 광고지 배포하고
살색 텐트 속 책상 앞에 마주 앉아
최고급 호텔 손님 예약 주문 받는다
무성별 배양만 선호하는
영업허가 없는 병원
천장에 박힌 시계 시침
하루 몇 번씩 초침 잡고 노망난다
어쩌다가 출생한 시험관 아이
하늘을 어깨에 드리우고
태양을 심장에 도배하고
대지를 배속에 들어올린다.

길

진실의 죄로 바꾼 벙어리 연설가의 재심 기회
혼미 해독제 마시면 볼 수 있는 부식된 얼굴들
야비의 현관에 갇힌 검은 이성
변함없이 침묵 페달 밟는다
옷장 안 그림자는 잠자는 시간에만
걸어나와 너에게 누구인지를 묻는다
자신을 찾은 자들과 못 찾은 자들,
하얀 나비 발 위 보행거리 나래친다

깊은 밤

정적 여드름에
아양의 고약 발라
체면 폭죽 터뜨리는
자존의 허무 항아리 속에서
불면 폭소에 감염된
눈먼 사악의 메마른 꽃잎은
고독 서늘함으로
곰팡난 사랑 종신제 해독하고
원망 산해진미로 세워진 증오 비석
무색 추억 우글거리는 마른 잎새 꿈으로
하얀 침묵 털어버리며
망각된 시간 바줄 위로 도주한다
점령되지 않은 마지막 거리의
말라터진 아지랑이 입술로
달의 흐느낌 빨던 밤비는
수렴청정의 침묵 연못에 벗겨버린다

바람 부는 날·1 (외 4수)

□ 허동식-중견시인

친구가 전송한 사진에서
하늘은 푸름만을 번뜩이고 있다
폰을 뛰쳐나오는 푸름은
가슴에 심경되고 풍경으로 된다
사랑하는 사람과 그리운 풍경에게
편지를 쓰는 시간을 제작하여야 한다
바람이 분다
바람 부는 날에도 바람이 그립다
바람 말소리 들린다
친구에게
바람 말소리를 수집한 시문을
선물하기로 하였다

* "바람 부는 날에도 바람이 그립다"는 한국 류시화 시인의 "그대
가 곁에 있어도 나는 그대가 그립다"에서 따온 글귀임.

바람부는 날·2

산과 하늘이 만나는
고루산(高楼山) 산정에서
누구를 기다리고 있을가
나는 나를 만나보고 싶어진다
바람이 제작하는 구름들 잔치에는
오십보소백보(五十步笑百步)가 없다
왜서일가 나만을 위하여
한바탕 곡하고 싶은 연유가 만들어진다
려정이 허무를 일축(一蹴)하면
먼지 낀 야생화도 유난하다

*고루산(高楼山) :감숙성 문현(文县) 경내에 있는 산맥

바람 부는 날·3

백마가 사라진 산길 아래에는
백마강이 어기영차 출렁인다
언덕위 검은 숫말 한마리는
청록빛 고독을 뜯고 있다
산이 높아도 높이를 깊이를 파먹고
옛말이 화려하여도
그 갈래를 토막내는
하천의 탈향(脫乡)은 요염하다
하곡(河谷) 바람은 외롭다

*백마강(白马河) : 감숙성 문현 铁楼장족자치향을 흘러가는 白马峪
河이다. 길이는 불과 45키로이지만 락차는 2400메터에 달한다.

바람 부는 날·4

비파(枇杷)나무는 산야를 섬긴다
새끼들 몸뚱이마저 제물로 바친다
청청 하늘에 잔별도 많다는 옛말을
주렁진 금빛 열매로 표현한다
감히 희생(犧牲)*을 한입 삼켜보면
영글어서 하락을 연주하는 노래가
후둑후둑 흩날리는 하오
바람 말소리 들린다

*犧는 상고시대 털색이 일색인 제물용 소이고 牲은 통채노인 제
물용 소라고 한다.

바람 부는 날·5

산마을 토박이 노인님은
지명 출처를 문의하는 나에게
바람이 연출을 담당하고
산과 안개가 배역을 하는 련꽃 운해(蓮花云海)는
인간사가 시작되던 그날부터
벽지 사람들 마음에도
좋은 소망상(所望像)이 조각되여 있음을
괜찮게 말해주는것이 아닌가고 반문하셨다
그리고는 지명이 멋지다 하더라도
심경(心境)속 풍경에는 미치지 못할것이니
바람 말소리 련꽃 말소리 어우러짐을
잘 시청하라고 말씀하셨다

*련꽃 운해(蓮花云海):감숙성 西和현 풍경지.

손자를 얻고 (외 2수)

□ 윤청남-중견시인

바람은 마르는 빨랫줄에 하얀 기저귀
구름은 텃새의 울음소리에
슬프다
자랑도 우러난 것일 때 예술에
가까운
보태지는 것에 한해 식구보다 더 큰
수는 없다
구렁 물에 낮달 떠내도
시린
기복에 풀빛은
바람에 쓸린 검은고 현이 떠는 소리

미의 본질

생명의 가치는 그치지 않는
진화의 아치
고요의 정체는 유무를
경계로
삶은 외로움의 흙이
되고
무덤은 그리움의 연속이
된다
음악의 식량 정글에
햇살
늙을 수록 고운 청자의 품위

새에 대한 호감

낱알로 말하면 껍질에 지나지 않는 나는 네
음성이 좋다
용모와 전혀 섞기지 않는
나는 네 그 하나로
좋다
너라는 그림자 그 가난한 낭으로부터
날아올랐다
그 하나로 구전한
숲, 나는 네가 무엇을 말하는지 종래로 모른다

새 벽 (외 1수)

□ 김승종-중견시인

어머님
어머님
어머님은
남들을 위한 종을
그렇게도 그렇게도
수천만번 수천만번 쳐주셨소이다…

어머님
어머님
어머님은
자신을 위한 종을
단 한번도 아니 치시고 아니 치시고 가셨소이다…

어— 머— 님—

하늘

아버님
아버님
아버님은
남들을 위한 하늘
그렇게도 그렇게도
수천 수만 자락 성스럽게 성스러이 펼쳐주셨소이다…

아버님
아버님
아버님은
자신을 위한 하늘
단 한자락도 아니 갖고 아니 갖고 가셨소이다…

아— 버— 님—

바람은 타르초로 경전을 읽는다 (외 3수)

□ 한영남-중견시인

굳이 룽다를 곁눈질하지 않고도
타르초 타르초만 있으면
바람은 얼마든지
경전을 읽을 수 있다

세상에서 가장 하얀 설산과
세상에서 가장 푸른 하늘과
세상에서 가장 신성한
오 룽다와 타르초가
펄럭이면

바람은 어느결에 달려와
그 어려운 경전을
읽어내려간다

혹시 모를 부분이 있어도
결코 화를 내는 법도 모르고
지름길 따위를 찾으려 하지도 않고
타르초에 매달려
그 어려운 걸 읽어내려간다

세상을 한페지씩
또박또박 번지며
인생을 한페지씩
따박따박 읽으며

바람은 타르초만 있으면
그 모든 경전을
얼마든지 읽어낸다

어느 날 바람 세차서
타르초가 찢기는 일이 있으면
그건 바람이 그 부분
타르초에 적힌 경전을
다 독파했다고
찢어버린 것일 게다

타르초는
바람을 통해
경전을 세상에 널리 알린다

당신을 만날 수 있는 봄이 좋다

언덕에는 당신이 있다
바람이 불어야 당신의 체취라도
만날 수 있다

들판에는 당신이 흘린 꽃이 피여있다
바람이라도 불어야 당신의 미소를
느낄 수 있다

봄이 와서
그래 이 화사한 봄이 와서
맑은 공기속에
다투어 피는 꽃들속에
들판의 하얀 먼지속에
세상 어디라도 깃들어 있는
당신을 만날 수 있는 봄이 좋다

얼마든지 좋다

당신이라는 창문 나라는 새

당신이라는 창문에
모습을 어른거리며
안타깝게 파닥이는
나는 한 마리 새인가

당신이 죽도록 보고 싶어
매일이고 찾아와서
사랑한다는 말은 미처 하지 못하고
자꾸 뜨거워지는 부리를
창문 언저리에 톡톡 쳐보는
당신이라는 창문만 바라보며
날개만 안타까이 파닥이는
나는 한 마리 슬픈 봄새인가

아지랑이 피여오르면
창문이 열리겠지
청제비 구제비 날아오면
창문이 열리겠지
하늘 행창 파랗게 맑아지면
창문이 열리겠지

수없이 기도하며
매일같이 사랑의 주문을 외우는
나는 당신이라는 창문에 매달린
한 마리 구슬픈 련가인가

맨드라미

해가 보이지 않아도
아침은 시작되고
그 아침을 먹고
맨드라미는 하루를 시작한다

해를 볼 수 없어도
점심은 다가오고
그 점심을 먹고
맨드라미는 할 일을 계속한다

긴긴 나절 볼 수 없었던 해가
서쪽 하늘 불그레 물들이면
온종일 슬프던 맨드라미는
기다렸다는 듯
그 해를 힘껏 흔들어준다

온몸이 피빛으로 물들도록
온몸이 피투성이가 되도록

불나방 (외 1수)

□ 김경애-재한동포문인협회 명예회장

발등에 불이 붙었다
열정이 몸져누워
뼛속 구석까지 핥는다

검은 재 뒤집어쓴 시체 하나
빨간 혀 빼물고
우두커니 하늘 쳐다본다

한바탕 소나기 퍼부으면
시원하게 웃을 텐데
바람은 잠들고 구름은 말이 없다

열은 날개 밑으로 숨어들고
정은 얼빠져 죽어가고
얼은 시궁창에 던져졌다

해마가 쪼그라들고 있다

실버타운의 일기

바빠서 서서 먹던 밥은
죽어도 못 먹겠다던 죽으로
한가할 때 읽겠다던 성경책은
보란 듯이 침대 머리 차지하고

예뻐서 아껴 입던 날개옷은
밤낮 한벌 환의로 환복하고
블링블링 금은보화 악세서리는
서랍장 보석함에 넣어두고

하이힐과 명품 유리구두는
뜬금없는 슬리퍼로 갈아신고
시간 없어서 못 하던 산책은
옥상 공원에서 원 없이 걸어보고

산다고 사는 게 아니고
죽는다고 죽는 게 아니니
꺼져가는 저녁노을 빛 빌어
버킷 리스트 하나둘 적어간다

편집후기

특정된 환경의 영향으로 말미암아 사단법인 중국 조선족아동문학학회와 중국 복합상징시동인회가 합병되어 무소속 단체인 <중국 조선족 시몽문학회>로 명명도어 3년째 활발하게 문학활동을 펼쳐가던 중, 항거할 수 없는 세력에 눌리워 해체를 선포함과 더불어 그 원유의 단체성원들과 출판법인 <묵향인> 출신작가들로 새롭게 결성한 단체가 바로 <묵향인>문학회이다.

년간잡지 <시몽문학>은 매 책자마다 단행본의 형식으로 그 맥을 이어가고 있으나 본호까지는 <시몽문학>으로, 다음호부터는 <묵향문학>으로 명명하여 출간하게 됨을 알려드리는 바이다.

복잡다단한 국제형세 하에서 이제는 중국 조선족만이 아닌, 중국과 조선족과 한반도의 범주를 벗어나 국제문단에 두각을 내밀게 되는 것을 본 문학지는 분투목표로 삼으며 문학의 모든 류파를 포섭하는 종합문학전문지로 거듭나는 것을 슬로건으로 내세우고 있다.

본 책자는 수십 년을 드팀없이 백의겨레의 얼을 지켜 힘겹게 달려온 중국 조선족 아동문학작가들과 미래지향적 신시혁명을 꿈꾸며 혼신을 다 바쳐가는 복합상징시 동인들의 주옥같은 작품들을 흔들림 없이 게재할 수 있어 참 다행스런 일이다. 뿐만 아니라 중국 조선족 중견시인 작가님들의 글도 싣게 되어 기쁘다.

아울러 한국 아동문예작가회의 회원작품특집과 한국 아동문단의 큰 별 엄기원 시인님에 대한 조명 및 쉴만한물가작가회 회원작품특집도 함께 싣게 되어 뿌듯하기만 하다.

<주간 · 발행인 김현순>

309

詩夢文學

(2025년 통권 제9호)

초판인쇄 2025년 1월 15일
초판발행 2025년 1월 15일
지은 이   <묵향인>문학회
주   간   김현순
펴낸 이   채종준
펴낸 곳   한국학술정보(주)
주   소   경기도 파주시 회동길 230(문발동)
전   화   031) 908 3181(대표)
팩   스   031) 908-3189
홈페이지 http://ebook.kstudy.com
전자우편 출판사업부 publish@kstudy.com
등록 제일산－115호(2000. 6. 19)

ISBN 979-11-7318-151-1 03810